光文社古典新訳文庫

ちいさな王子

サン=テグジュペリ

野崎歓訳

kobunsha classics

光文社

Le Petit Prince

Title : LE PETIT PRINCE

Author : Antoine de Saint-Exupéry
1943

この本で利用されている図版はすべて
サン=テグジュペリ権利継承者から原版を提供され、
複製されたものです。

本文デザイン／盛川和洋

レオン・ヴェルトに

この本をおとなに捧げてしまったことを、こどもたちにあやまらなければならない。それには重大なわけがある。つまり、そのおとなはぼくにとってこの世でいちばんの親友なんだ。それから、もう一つの理由。そのおとなは何でもわかる人で、こどものための本だってわかるのさ。三つ目の理由。そのおとなはフランスにいて、いま飢えと寒さに苦しんでいる。とてもなぐさめを必要としているんだ。

これだけの理由でもまだだめなら、そのおとなも昔はこどもだったのだから、この本をそのこどもに捧げることにしよう。どんなおとなだって、最初はこどもだった（それを覚えているおとなは、ほとんどいないけれど）。だから、捧げることばを次のように書き直すとしよう——

ちいさな男の子だったころの
レオン・ヴェルトに

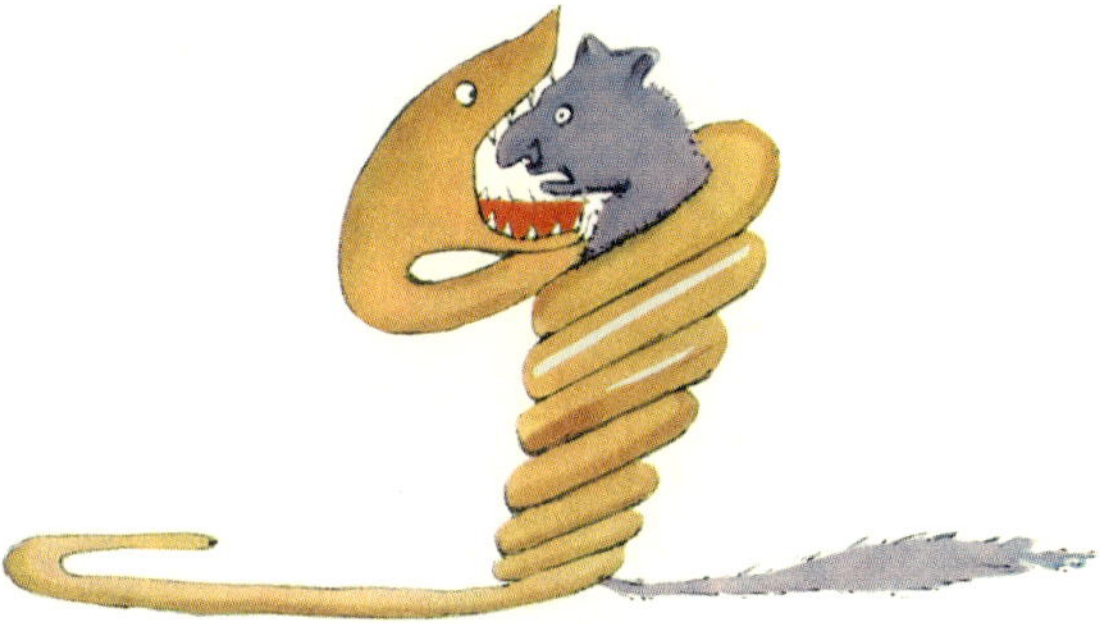

1

六歳のとき、すばらしい絵を見たことがある。『本当にあった話』という題の、「原生林」についての本で見たんだ。ボアが猛獣をのみこもうとしている絵。その絵の写しは、ここにあるとおりだ。

本にはこう書いてあった。「ボアは獲物をまるごと、かまずにのみこんでしまいます。するともう動けなくなり、六ヶ月のあいだ眠ったままで消化するのです」

そこでぼくは、ジャングルの冒険についてたっぷりと想像してみてから、色鉛筆をにぎって、初めての絵を描き上げた。ぼくの作品第一号。こんな感じだった。

できあがった傑作をおとなたちに見せて、こわいかどうか聞いてみた。

おとなたちの答えはこうだった——「いったいどうして、帽子がこわいんだい?」

でもぼくが描いたのは帽子じゃなかった。ボアがゾウを消化しているところだったんだ。そこで今度はボアの内側を描いてみることにした。おとなにもわかるようにね。なにしろおとなには、いつだって説明が必要なんだから。作品第二号はこんな感じだった。

するとおとなたちにいわれてしまった。内側だろうが外側だろうが、ボアの絵なんかやめて、それよりも地理や歴史、算数や文法のことを考えなさいってね。というわけでぼくは六歳にして、本当はなれたはずの大画家の道をあきらめた。作品第一号と第二号の不成功にはがっかりだった。おとなたちは自分ひとりでは決して、なんにもわからない。そしてこどもにしてみれば、いつもいつも説明しなきゃならないというのはうんざりなんだ。

そこでぼくは別の仕事を選ばなければならなくなり、飛行機の操縦を覚えた。世界中いろいろなところを飛びまわった。

そうなってみると地理の知識は、なるほど、とても役に立った。なにしろたったひと目で、中国とアリゾナを見分けることだってできたくらい。とくに夜、どこを飛んでいるんだかわからなくなってしまったときなんかには、大助かりさ。

そんなわけで、生きていくうちに、まじめな人たちとお会いする機会が山ほどあった。おとなたちのところでずいぶんと暮らしたものさ。おとなたちを間近で見たんだ。残念ながら、ぼくの意見はたいして変わらなかった。

少しばかりものわかりのよさそうな人に出会うと、まだ取ってあった作品第一号を見せて実験してみた。本当にわかる力のある人かどうか知りたかったから。でも返ってくる答えはいつも一緒だった。「帽子でしょ」そういわれるともう、ボアのことも原生林のことも空の星のことも話す気がうせた。相手に調子を合わせるしかない。ブリッジだのゴルフだの、政治だのネクタイだの。すると相手のおとなは、じつにものわかった人と知り合いになれたといって、すっかり満足なのだった。

2

そんなわけでぼくは、本当に話のできる相手もなしに、たったひとりで暮らしてきた。それがいまから六年前、サハラ砂漠で飛行機が故障した。エンジンの中で何かがこわれたらしい。修理工などいないし、通行人だっていないから、むずかしい修理の作業を自力でやってみるしかなかった。ぼくにとっては、生きるか死ぬかの問題だった。一週間分の飲み水がかろうじて残っているだけだった。

こうして最初の晩、人の住んでいるところから千マイルも離れた砂の上で、ぼくは眠りこんだ。船が難破して、大海原《おおうなばら》のまんなかでいかだに乗っている人よりも、ぼくのほうがもっとひとりぼっちだった。だからまあ、想像してほしい。明け方、ふしぎな、かわいらしい声で起こされたとき、どんなに驚いたかを。こんな言葉が聞こえてきたんだ。

「おねがいします……。ヒツジの絵を描いてよ！」

「はあ？」

「ヒツジの絵を描いてよ……」

ぼくはカミナリに打たれたみたいに飛び上がった。目をごしごしこすって、よく見てみた。すると、なんとも風変わりな坊やがこちらをじっと見つめているじゃないか。あとになってから、坊やの絵を描いてみたけれど、そのなかでいちばんうまくいったのがこの絵なんだ。でももちろん、絵の出来《でき》は、本物にくらべればずっと劣っている。ぼくのせいじゃない。なにしろ六歳にして画家の道をおとなたちにあきらめさせられたんだし、ボアの外側と内側以外には、絵の描き方を知らないんだから。

突然あらわれたその坊やを、ぼくは目を丸くして見た。人の住んでいるところから千マイルも離れたところにいたっていうことを、忘れないでくれよ。ところがその坊やは、迷子になった様子でもなければ、疲れや、飢えや、のどの渇きや、恐怖で死にそうという様子でもなかった。人の住んでいるところから千マイルも離れた、砂漠の

どまんなかをさまよっているこどもという感じでは、全然なかった。やっと口のききかたを思い出したので、ぼくはこうたずねた。

「あの……。こんなところで、なにしてるの？」

するとぼうやは、とても大事なことなんだというふうに、落ち着いた口調でくりかえした。

「おねがいします……。ヒツジの絵を描いてよ……」

あまりふしぎなことに出くわすと、何もいえなくなってしまうものだ。人の住んでいるところから千マイルも離れたところで、死の危険にさらされているときに、ばかげた話ではあるけれど、ぼくはポケットから紙と万年筆を取り出した。でもそのとき、自分が勉強したのは地理や歴史、算数や文法だったことを思い出して、ぼくは絵が描けないんだ、とぼうやに打ち明けた（ちょっとばかりふきげんな調子でね）。するとぼうやはこういった。

「だいじょうぶ。ヒツジの絵を描いてよ」

なにしろヒツジの絵なんて描いたことがなかったので、自分に描ける二つの絵のうちの一つを描いてあげることにした。外側から見たボアの絵。するとたまげたことに、坊やはこう答えたじゃないか。

「ちがうよ、ちがうよ！　ボアのおなかにゾウが入っている絵なんてほしくないよ。ボアはとってもあぶないし、ゾウはすごく場所を取るでしょう。ぼくのところはとってもちいさいんだよ。ほしいのはヒツジなんだ。ヒツジの絵を描いてよ」

そこでぼくは絵を描いた。

坊やはじっくりと絵を見てからいった。

「これじゃ、だめ！　このヒツジは病気でひどくぐあいが悪いもの。別のを描いてよ」

ぼくは別の絵を描いた。

坊やは、しかたがないなあというふうににっこりとほほえんだ。

「わかるでしょ……。これはヒツジじゃなくて、雄羊《オヒツジ》だよ。角《つの》がはえてる……」

そこでもういちど描きなおし。

でもその絵もまた、だめだといわれてしまった。

「これは年寄りすぎるなあ。ぼくは長生きするヒツジがほしいんだ」

はやいところエンジンの分解修理にとりかかりたいものだから、ぼくはもうがまんできなくなってきて、こんな絵をそそくさと描いてみた。そしてこういったんだ。

「これは箱だよ。きみのほしがってるヒツジはこのなかに入ってる」

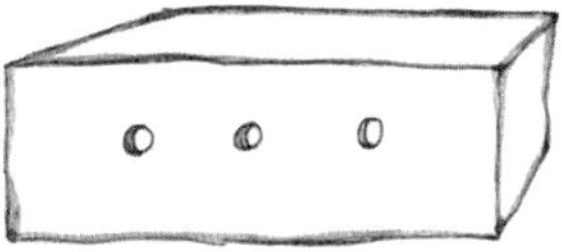

ところが驚いたことに、判定役の坊やは顔をぱっと輝かせたんだ。

「これこそまさに、ぼくのほしかったとおりのヒツジだよ！　このヒツジ、草を山ほど食べるかなあ？」

「どうして？」

「だって、ぼくのところはとってもちいさいから……」

「きっと足りるさ。描いてあげたのはほんのちいさなヒツジだよ」

坊やは絵に顔を近づけてながめた。

「そんなにちいさくもないなあ……。ほら！　ヒツジくん、眠ってるよ」

こんなふうにして、ぼくはちいさな王子と知りあいになったのさ。

3

ちいさな王子がどこからやってきたのかわかるまでには、ずいぶん時間がかかった。自分はたくさん質問をするくせに、こちらの質問はまるで耳に入らない様子だった。王子がたまたま口にしたいくつかのことばから、少しずつ、何もかもが明らかになっていった。たとえば王子が初めてぼくの飛行機を見たとき（飛行機の絵を描くのはやめておこう、ぼくにはむずかしすぎるから）、こんなふうにきいてきた。

「これはいったいなんていうもの？」

「ものじゃないよ。これ、空を飛ぶんだ。飛行機さ。ぼくの飛行機だよ」

ぼくは空を飛んでいるんだぞと教えるのが、誇らしい気持ちだった。すると王子は大声でいった。

「え？　きみ、空から落っこちてきたの？」

「そうなんだよ」とぼくはしおらしく答えた。

「へーえ、それはおかしいや……」

　そして王子はいかにもおもしろそうに声をたてて笑ったので、ぼくはむっとした。人の不幸を笑ってほしくはない。すると王子はつけくわえた。

「そうか、きみも空からきたんだね！　なんていう星からきたの？」

　王子がどうしてここにいるのか、その謎にうっすらと明かりがさしたような気がしたので、ぼくは思いきって聞いてみた。

「それじゃ、きみは別の星からきたんだね？」

　でも答えはなかった。王子はぼくの飛行機を見ながら静かにうなずくだけだった。

「そうだよね、これに乗ってきたんじゃ、そんなに遠くからきたはずはないよね……」

王子は長々と物思いにふけった。そしてポケットからぼくの描いてあげた絵を取り出すと、宝物のようにじっくりとながめたんだ。

「別の星」について王子が少しばかり打ち明けたことに、ぼくがどれほど興味をそそられたか、きみたちにも想像はつくだろう。そこで、なんとかもっと聞き出そうとやってみた。

「坊や、きみはどこからきたのさ？　『ぼくのところ』って、いったいどこなんだい？　ヒツジをどこに連れて行こうとしてるの？」

王子はじっと考えこんでから、ようやく答えた。

「箱まで描いてくれてたすかったなあ。だって夜になったら、それがヒツジのおうちになるもの」

「そのとおりだよ。きみさえいい子なら、昼のあいだヒツジをつないでおく綱だって描いてあげるよ。それに杭《くい》もね」

その提案は王子にはショックだったらしい。

「つないでおく？　変なこと考えるなあ！」

「でもつないでおかなかったら、どこかに行ってしまうぞ。迷子になってしまうだろう……」

するとと王子はまた、けらけらと笑った。

「どこかって、いったいどこにいくのさ？」

「どこだってさ。ずっとまっすぐ歩いて行くかもしれないし……」

王子はまじめな顔でいった。

「心配ないよ、ぼくのところは、とってもちいさいから！」

そして、なんだか少しさびしくなったのか、こうもいった。

「まっすぐに歩いても、そんなに遠くまでは行けないんだよ……」

4

こうしてぼくは、二つ目の、とても重要なことを知った。つまり王子がやってきた星は、せいぜい一軒の家くらいの大きさしかない星だったんだ！

ぼくにとって、驚くほどのことではなかった。地球や木星や火星や金星みたいな、ちゃんとした名前のある大きな惑星のほかに、ちいさすぎて望遠鏡を使ってもよく見えないくらいの星が何百とあることは、ちゃんと知っていた。天文学者は、そのうちの一つを発見するとそれに番号をつける。たとえば「小惑星３２５」というふうに。

ちいさな王子が住んでいた星は、小惑星Ｂ６１２ではないか。思い当たるふしがあった。この星は一九〇九年、トルコの天文学者によって一度観測されたきりだった。

そのとき天文学者は、国際天文学会議で自分の発見を、胸をはって発表した。でも身なりのせいで、信じる者はだれもいなかった。おとなってそんなものさ。

小惑星Ｂ６１２にとってラッキーだったことに、トルコの独裁者が民衆に、これからは西洋風の服装をしろ、さもなければ死刑だと命令した。天文学者はもう一度、一九二〇年に、とてもおしゃれな身なりで発表しなおした。今度はみんなが納得した。

　小惑星Ｂ６１２についてこんな細かいことまで話したのは、そして番号までもちだしたのは、ひとえにおとなたちのためだ。おとなは数字が好きだからね。きみたちがおとなに、新しい友だちのことを話すとしよう。するとおとなは、大事なことについては決して質問しない。「その子、どんな声をしてる？　好きな遊びはなに？　チョウを集めてるのか？」などと

は絶対にいわない。そのかわりに、「何歳？　きょうだいは何人？　体重は何キロ？　その子のお父さんの年収は、どれくらい？」などといいだす。それでやっと、その子を知ったつもりになる。たとえばおとな相手に、「バラ色のレンガでできたきれいな家を見たよ、窓辺にはゼラニウムが飾ってあって、屋根には白いハトがとまってた」なんていっても、おとなにはどんな家だか想像できない。「十万フランの家を見たよ」といってやらなければ。するとおとなは叫びだす。「なんてすてきな家なんだ！」

だから、もしおとなたちに向かって、「ちいさな王子がたしかにいた証拠は何かっていうと、それは王子がとてもすてきな子で、よく笑って、それにヒツジをほしがったということさ。ヒツジをほしがってるということは、その子がたしかにいるという証拠だもの」なんていったなら、おとなたちは肩をすくめて、きみをこどもあつかいするだろう。でももし、「王子はね、小惑星Ｂ６１２からやってきたんだよ」といったなら、おとなたちは納得して、それ以上うるさく質問せずにおいてくれるだろう。おとなってそんなものさ。だからって怒ってはだめだ。こどもは、おとなを大目に見

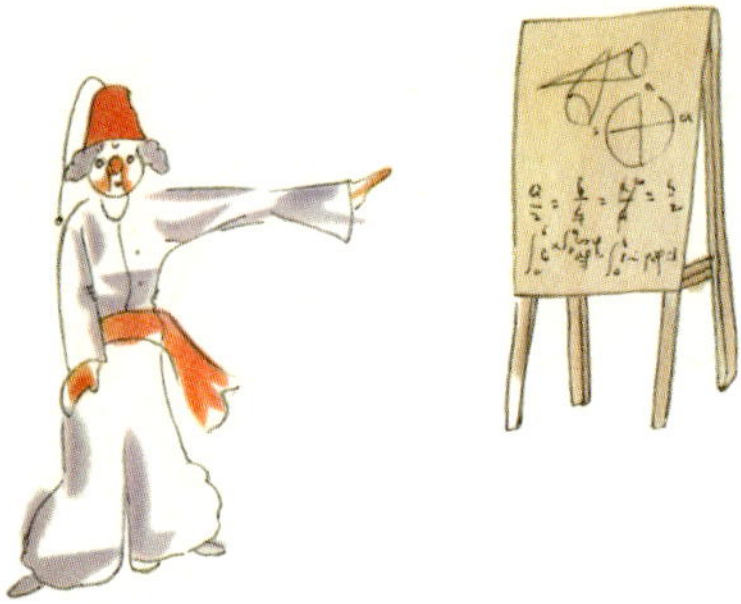

てやらなくちゃならない。

　でももちろん、人生ってものがわかっているぼくらにとっては、数字なんてどうだっていい！　できるならぼくは、この話を、おとぎ話みたいにはじめてみたかった。こんな調子で――

「むかしむかしあるところに、ちいさな王子がいました。王子は自分と同じくらいの大きさしかない星に住んでいました。王子さまは友だちをほしがっておりました……」人生がわかっている人たちにとっては、そのほうがずっと本当らしく思えただろう。

　というのもぼくは、この本を軽い気持ちで読んでほしくないんだ。この思い出を話すのは、ぼくにとってたいへん悲しいことなんだから。ぼくの友だちがヒツ

ジといっしょに行ってしまってから、もう六年もたつ。彼のことを書こうとするのは、彼を忘れないためなんだ。友だちを忘れてしまうのは悲しいことさ。だれにでも友だちがいたわけではない。それにぼくも、数字にしか興味をもたないおとなになってしまうかもしれない。そのためにも、ぼくは絵の具箱と色鉛筆を買ってきた。この年になってまた絵を描きはじめるのは大変だ。これまでに描いたことがあるのは、ボアを外側と内側から描いた絵だけだし、それだって六歳のときなんだから！　もちろん、できるだけよく似た肖像画を描きたいとは思う。でもうまくいくかどうかはわからない。一枚はうまく描けても、次はもうだめだったり。それに背の高さがまたむずかしい。ちいさな王子

が、これではあまり大きすぎる。と思うと今度はちいさすぎる。服の色についても迷ってしまう。とにかく、手さぐりでやってみるしかないんだ。いちばん大事な点で間違ってしまうようなこともあるだろう。でもどうか、大目に見てほしい。王子は何についてでも、説明ぬきだった。ぼくを自分の同類だと思っていたのかもしれない。でも残念ながら、ぼくには箱のなかのヒツジを見てとる力はない。きっと、少しばかりおとなたちに似てきたのかもしれない。ぼくも年をとったんだ。

5

王子の星がどんな星なのか、そして王子がどういうふうに出発し、旅してきたのかについて、ぼくは毎日、何かをつかんだ。言葉のはしばしから、少しずつわかってきた。というわけで三日目には、バオバブのおそるべき話を知ったんだ。

今度もまた、ヒツジのおかげだった。というのもちいさな王子は、とつぜんぼくに質問してきたんだよ。何か深刻な悩みを抱えているような様子で。

「ねえ、本当なのかなあ、ヒツジがちいさな木を食べてしまうっていうのは」

「ああ、本当だよ」

「そうか！　それはうれしいなあ」

ヒツジがちいさな木を食べるのが、どうしてそんなに大事なことなのか、ぼくにはわからなかった。すると王子はつけくわえた。

「ということは、バオバブだって食べちゃうよね？」

そこでぼくは王子に教えてやった。バオバブはちいさな木どころか、教会の建物ほどもある大きな木なんだから、もしきみがゾウの群れを引き連れて行ったとしても、バオバブ一本だって食べきれないくらいさ。

ゾウの群れを想像してみて、ちいさな王子はにっこりと笑った。

「一頭ずつ重ねてやらなきゃだめだなあ……」

それからまじめな顔でこういった。

「バオバブだって、大きくなる前には、ちいさいときがあるでしょう」

「そりゃそうだ。でもいったいどうして、ヒツジにちいさなバオバブを食べさせたいんだい？」

すると王子はいうんだ。「だってさあ！　ほら！」まるで、わかって当然とでもいうように。そしてぼくは、この問題を自力でとくために、さんざん頭をはたらかさなければならなかった。

つまりこういうわけだ。どんな星だってそうだけれど、ちいさな王子の住む星の上には、いい草も生えていれば悪い草も生えていた。そしていい草のいい種と、悪い草の悪い種とがあった。でも種は目に見えない。土の奥ふかくねむっていて、やがてそ

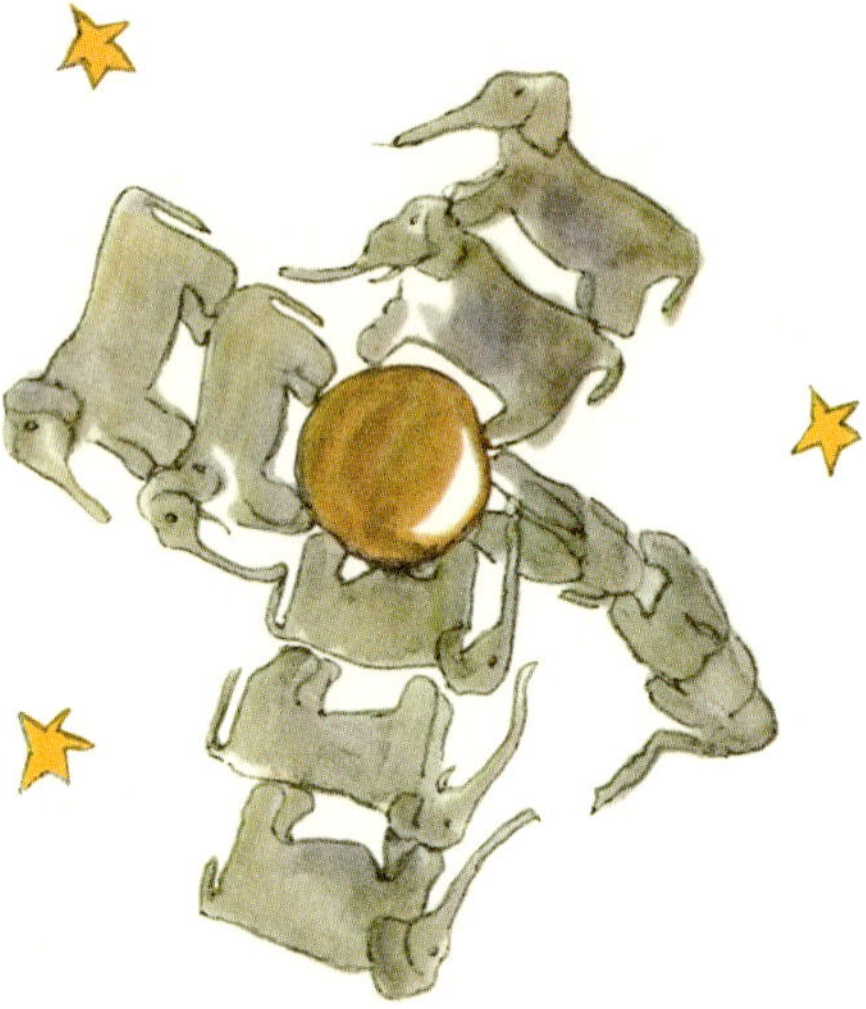

のうちのひとつがそろそろ目を覚まそうかという気になる……。そこで種はのびをし、お日さまの光に向かって、まずはこわごわと、かわいらしい、だれの害にもならない茎をのばしてくる。ラディッシュやバラの茎なら、のびるがままにしておいてかまわない。でもそれが悪い植物なら、見つけしだい引っこ抜かなければならない。ところが王子の星には、おそろしい種があったんだ……つまり、バオバブの種さ。星の地面にそれがはびこっていた。ところでバオバブというやつは、手を打つのが遅すぎると、もうどう

やったって退治できなくなってしまう。星じゅうをうめつくす。根っこでもって、星に穴をあけてしまう。あまりちいさな星に、バオバブがたくさん生えすぎると、星は破裂させられてしまうんだ。

「きちんとできるかどうかが肝心なんだよ」とあとになって王子はいった。「朝、お顔をきれいに洗ったら、今度は星をきれいにしてあげなきゃならない。バオバブは、まだほんのちいさなうちはバラの木にそっくりなんだけど、見分けがつくようになったらすぐに引っこ抜くように、いつでも気をつけていなくちゃならないんだ。いやな仕事だけど、でもとっても簡単だよ」

そしてある日、王子はぼくに、きみの国のこどもたちがこのことをちゃんと頭に入れておけるように、がんばって立派な絵を描いてよ、といった。「いつかこどもたちが旅に出たら、それが役に立つかもしれないでしょう。仕事をあとまわしにしたって、大丈夫なことだってあるよね。でも相手がバオバブだと、そんなことをしたら大変だ。ぼくの知っている星に、なまけものが住んでいたんだ。その人、ちいさな木が三本生

えてきたのをほったらかしておいたらね……」

そこでぼくは、ちいさな王子のいうとおりに、こんな星の絵を描いた。お説教じみたことをいうのは好きじゃない。でも、バオバブの害はちっとも知られていないし、だれかがちいさな星に住むことにでもなったら、大変あぶない目にあいかねないから、いつもの遠慮は捨てて、今度にかぎってはいわせてもらおう。つまりね、「こどもたち！　みんな、バオバブには気をつけるんだよ！」お互い、これまでずっと、知らずにあぶない橋を渡ってきたんだということを、ぼくの友だちには知ってもらいたくて、それでさんざん苦心して絵を描いたわけなんだ。なにしろ苦労して伝えるだけの値打ちのある教えだから。

みんなはきっと聞くかもしれないね。「この本には、バオバブの絵と同じくらい立派な絵がどうしてほかにないのですか」って。その答えはとてもかんたん。やってはみたけれど、うまくいかなかったのさ。バオバブを描いたときは、とにかく急がなければと思って一生懸命だったんだよ。

6

ちいさな王子、きみのちょっとばかりさびしさの漂う暮らしのことが、ぼくにはそうやって、少しずつわかってきた。長いあいだ、おだやかな日没の景色だけがきみの気晴らしだった。そんな新しい事実を知ったのは、四日目の朝、きみがこういったからだ。

「ぼく、日が沈む景色が好きな

んだ。いっしょに、日が沈むところを見に行こうよ……」

「でもちょっと待たなくちゃ……」

「待つって、何を？」

「太陽が沈むのをさ」

きみは最初、ずいぶんびっくりした様子をしたね。それから自分のことがおかしくなって笑いだした。そしていったんだ。

「まだ、ぼくのところにいるのかと思っちゃった！」

そうだね。いまアメリカでお昼だとすると、だれでも知っているように、フランスで太陽が沈む時間だ。日が沈むのをながめるには、一分でフランスまで行ければいい。残念ながら、フランスはあまりに遠すぎるけど。でも、きみのとってもちいさな星の上では、椅子をちょっと移動するだけでよかった。そうすれば、いつでも好きなときに日没をながめることができたんだね……。

「太陽が沈むのを、一日に四十四回も見たことだってあるんだよ！」

少ししてから、きみはつけくわえた。

「わかるでしょ……。あんまりさびしいと、日が沈むのが好きになるんだよ……」

「四十四回見た日は、そんなにさびしかったのかい？」

でもちいさな王子は答えなかった。

7

五日目には、今度もまたヒツジのおかげで、ちいさな王子の暮らしのこんな秘密が明らかになった。王子はとつぜん、黙々と問題を考えつづけたあげくに聞くんだという感じで、説明ぬきでぼくにたずねた。

「ヒツジはちいさな木を食べるとすると、花も食べるのかな？」

「ヒツジは目の前のものを何だって食べちゃうよ」

「とげのある花でも？」

「そうさ。とげのある花だって」

「それなら、とげはなんの役にたつの？」

そんなことわからなかった。そのときぼくは、飛行機のモーターのきつくしまりすぎたボルトをはずそうとがんばっているところだった。ずいぶんひどい故障のように思えて、ぼくはすっかり不安になっていたし、飲み水もなくなってきて、最悪の事態も予想された。

「とげは、なんの役にたつの？」

いったん質問をしたら、王子は答えを聞くまで絶対にあきらめなかった。ボルトがはずれなくてかっかしていたので、ぼくはいいかげんなことを答えた。

「とげなんか、なんの役にもたたないさ。あれはたんに、花が意地悪したくてつけているのさ」

「ええっ！」

でもすこし黙ってから、王子はうらめしそうにいいかえした。

「そんなこと、信じないよ！　お花はよわいんだよ。むじゃきなのさ。あれで安心しているんだよ。とげさえついていれば、みんながこわがると思ってるんだ……」

ぼくは何も答えなかった。そのときの心の内はこうだった。「まだこのボルトのやつがさからうなら、ハンマーでふっとばしてやるぞ」そんなふうに考えていると、またもや王子のじゃまが入った。

「それなのに、きみはほんとうにそう思ってるんだね、お花っていうのは……」

「ちがう、ちがう！　なんにも思ってなんかいないよ。さっきはでたらめをいっただけさ。なにしろいまは、大事な用があるんだから」

王子はびっくりしてぼくを見た。

「大事な用だって！」

王子はぼくをまじまじと見つめたんだ。ハンマーを片手に、指を油で黒く汚したぼくが、王子にはひどくみにくい代物《しろもの》としか見えないものの上にかがみこんでいるところを。

「まるで、おとなみたいな口のききかたをするんだね！」

そういわれてぼくは少しはずかしくなった。でも王子は、手きびしく畳みかけてきた。

「きみは何もかもいっしょくたにしてる……。何もかもまぜこぜにしてるんだ！」

王子は本当に、たいそう腹をたてていた。金色に輝く髪を風になびかせて、こういったよ。

「ぼく、赤ら顔さんというおじさんが住んでる星を知ってるんだ。花の匂いなんか一度もかいだことがないおじさんなんだよ。星だって見たことがない。だれのことも好きになったことがない。いつもやっているのは、足し算ばっかり。そのおじさんが一日じゅう、きみみたいにくりかえしいってるんだ。『大事な用がある！　大事な用がある！』そういって、ずいぶん偉そうにしているのさ。でもそんなの人間じゃない。キノコだよ！」

「何だって？」

「キノコだよ！」

いまやちいさな王子は、まっさおになって怒っていた。

「お花がとげをつくるようになってから、もう何百万年もたってる。ヒツジがお花を食べるようになってからも、何百万年もたってる。それでもお花がわざわざ苦労して、なんの役にもたたないとげをつくっているのはどうしてか、そのわけを知ろうとするのは、大事なことじゃないっていうの？　ヒツジとお花のたたかいは、大事なことじゃないの？　そのほうが、赤ら顔おじさんの足し算よりも大事なことじゃないの、大変なことじゃないの？　ぼくの星には、世界でぼくの星にしかないお花が一輪咲いているんだけど、ちいさなヒツジがきたら、なんの悪気もなしに、ぱくって食べちゃうかもしれないでしょう。それが大変なことじゃないっていうの？」

王子は顔を赤くして、またつづけた。

「星は何百万とあるけれど、たったひとつのお花をだれかが好きになったとしたら、その人は、夜空に広がる星をながめるだけでしあわせな気持ちになるんだよ。『ぼくのお花が、あのどこかに咲いているんだ』と思ってね。でもヒツジがお花を食べてしまったら、その人にとってはまるで星がぜんぶ、いきなり消えてしまうのと同じなんだよ！　それが大変なことじゃないっていうの？」

王子はそれきり、ことばにつまってしまった。そしてわっと泣き出したんだ。あたりは夜になっていた。ぼくは道具をほうり出した。ハンマーも、ボルトも、のどの渇きも、死の危険も、どうだってよくなった。ある星、というか惑星の上、つまりぼくの住んでいるこの地球上に、ちいさな王子がいて、その子をなぐさめてやらなければならない！　ぼくは王子を両腕で抱きしめた。体をゆすぶってあげた。そしていったんだ。「きみの好きなそのお花は、危ないことなんかないよ……。きみのヒツジに、口輪を描いてあげようね……。お花には囲いを描いてあげる……。それから……」それからなんといったものか、わからなかった。自分はなんて不器用なのだろうと思った。どうやったら王子の心をつかめるのか、王子に寄りそえるのか、わからなかった。本当に不思議なものなんだよ、涙の国というのは。

8

その花のことが、じきにもっとよくわかるようになった。ちいさな王子の惑星には、花びらが一重《ひとえ》だけの、とてもすっきりとした花が以前から咲いていて、たいして場所も取らず、だれのじゃまにもなっていなかった。朝、草むらで花を開き、夕方には閉じてしまう。ところがその花は、どこからともなく飛んできた種から芽を出したもので、ほかのものとは似ていないその細い木を、王子はつきっきりで見張った。新種のバオバブかもしれなかったからね。でもそのちいさな木はじきに成長を止め、花をつけ始めたんだ。つぼみがおおきくふくらむのを見た王子は、そこから奇跡のようにすばらしい花がうまれ出るにちがいないと思ったけれど、花はそのみどりの小部屋にこもったっきり、お化粧をやめようとしない。念入りに色を選んでいる。ゆっくりと服を着て、花びらを、一枚一枚合わせていった。ヒナゲシみたいにしわくちゃのまま出てきたくなかったんだね。輝きわたるような美しさになってからでなければ、登場したくなかったんだ。そのとおり。たいそう、おしゃれな花だったのさ！　そうやって何日ものあいだ、すがたを見せずに身だしなみをととのえた。

やっとある朝、ちょうど日が昇る時間になって、外に出てきたんだよ。

そんなに念入りにお化粧してきたくせに、花はあくびをしながらいったのさ。

「あーあ、まだ目がさめないわ……。ごめんなさいね、髪がみだれたままで……」

ちいさな王子は、すっかり感激して、いわずにはいられなかった。

「あなたはなんて、きれいなんだろう！」

「でしょう」と花はおちついて答えた。「それにわたし、お日さまといっしょに生まれたのよ……」

ちいさな王子にも、なかなかうぬぼれ屋さんのお花だとはわかったけれど、でもやっぱり、心を動かされずにはいられなかったんだ！

「朝ごはんの時間じゃないかと、思うんだけれど」と少しして花はいった。「わたしのことも、考えてくださっているのかしら？」

王子はすっかり恐縮して、じょうろを取りに行き、くみたての水を注いであげた。

そんなふうにして、花はたちまちのうちに気むずかしい性格を発揮しだし、王子を困らせるようになった。たとえばある日、わたし、とげが四本あるのよと自慢して、王子にこういった。

「トラだって、こられるものならきてごらんなさい、トラの爪なんかこわくないわ！」

「ぼくの星にはトラはいません。それにトラは草なんか食べないよ」と王子はいいかえした。

「わたし、草じゃないんですよ」花はおだやかに訂正した。

「失礼しました……」
「わたし、トラなんかぜんぜんこわくないけど、すきま風がきらいなんです。あなた、ついたてで囲ってくださらない？」
（すきま風がきらいだなんて……。植物なのに、お気の毒だなあ）とちいさな王子は思った。（いろいろとむずかしいお花だ……）

「夕方になったら、ガラスのケースをかぶせてくださいね。あなたの星、とても寒いんですもの。設備もととのっていないし。わたしがもといたところなんかね……」

花はそこで口をつぐんだ。なにしろもとは種だったんだから、ほかの星なんか知っているはずもなかった。見えすいたうそをつこうとしたことがばれて恥をかいた花は、二、三回せきばらいをすると、逆に王子をやりこめようとした。

「で、ついたてはどうなったの？……」

「さがしにいこうとしたのに、お話が終わらなかったから！」

するとまた花はむりにせきこんで、王子を申しわけない気持ちにさせたのさ。

そういうわけでちいさな王子は、本気で花のことが好きだったのに、たちまち相手を疑うようになってしまった。なんでもない言葉を真にうけたりして、とてもふしあわせになってしまったんだ。

「お花のいうことなんか、聞いちゃだめだったんだ」ある日王子は、ぼくにうちあけた。「お花のいうことなんか、聞いちゃだめなんだよ。お花はながめるもの、香りをたのしむものなんだ。ぼくのお花は星をいい香りにしてくれたけど、でもぼくはたのしい気持ちになれなかったんだよ。あのトラの爪の話だって、ぼく、あんなにいらいらしちゃったけど、ほんとうはもっと同情してあげればよかったんだ……」

王子はこんなふうにもいった。

「あのころ、ぼく、なんにもわかっていなかったんだなあ！　お花が何をしてくれたかで判断するべきで、何をいったかなんてどうでもよかったのに。お花はぼくをいい香りでつつんでくれたし、明るくしてくれた。ぼく、逃げ出したりしちゃいけなかったんだよ！　いろいろずるいことはいってくるけど、でも根はやさしいんだとわかってあげなくちゃならなかった。お花のいうことって、ほんとうにちぐはぐなんだもの！　でもぼくはまだちいさすぎて、どうやってお花を愛したらいいかわからなかったんだ」

9

自分の星から抜け出そうとした王子は、渡り鳥に乗っけてもらったんじゃないかと

ぼくは思う。旅立ちの朝、王子はきちんと惑星のかたづけをした。活火山は念を入れてすす払いしておいた。王子は活火山を二つ、もっていたんだ。おかげで、朝ごはんをあたためるにはとても便利だった。それから休火山も一つもっていた。とはいえ王子のいうとおり、「先のことはわからないでしょ！」だから休火山もちゃんとすす払いした。すす払いさえしてあれば、火山はおだやかに、規則ただしく燃えつづけて、爆発など起こさない。火山の爆発というのは、暖炉の煙突から火が出るようなものだ。いうまでもないけれど、地球上では、ぼくら人間はあんまりちいさすぎるから、火山のすす払いなんかできない。だから火山は、あれほどの被害を引きおこすのさ。

それからちいさな王子は、ちょっとさびしさを感じながら、バオバブの新しい芽を引きぬいた。もう二度と、戻ってくることはないというつもりだった。でも、やりなれたそんな仕事が、この朝はしみじみといとおしく思えた。そして花に最後の水をやり、あとはガラスのケースをかぶせてやるだけになったとき、王子は泣きたい気持ちになった。

「さよなら」と王子は花にいった。

でも花は答えなかった。

「さよなら」王子はもう一度いった。

花はせきをした。でもそれは、風邪を引いているせいではなかった。

「わたしがばかでした」とうとう、花はそういったんだ。「ゆるしてくださいね。どうかお幸せに」

花が何もとがめるようなことをいわないので、王子はびっくりした。すっかり面食らって、ガラスのケースをもったまま、立ちつくしてしまった。花がどうしてそんなにおだやかに、やさしいことをいうのか、わからなかった。

「ええ、そうよ。わたし、あなたのこと、好きなの」花は王子にいった。「そんなこと、ぜんぜん気づかなかったでしょう。わたしが悪いのよ。でも、別にいいわ。あなただって、わたしに負けないくらいお馬鹿さんだったのよ。どうかお幸せに……。ガラスのケースはもどしておいて。もういらない」

「でも風が吹いたら……」

「そんなにひどい風邪を引いてるわけじゃないのよ……。夜のすずしい風に吹かれたら元気も出るでしょう。だって、花ですもの」

「虫だってくるかもしれないし……」

「チョウチョと知りあいになりたければ、毛虫の一匹や二匹、がまんしなくちゃね。とってもきれいだっていうし。ほかに、だれが訪ねてきてくれる？　あなたは遠くに行っちゃうでしょう。おおきい動物のことなら、こわくもなんともないわ。わたしには爪があるから」

そして花は四本のとげをむじゃきに示してから、こういったんだ。

「さあ、ぐずぐずしていないで。じれったいわね。行くって決めたんでしょう。早く行って！」

なぜなら花は、自分が泣くところを見せたくなかったんだよ。ほんとうに誇り高い花だったんだ……。

10

王子は、小惑星325、326、327、328、329、330があるあたりにやってきていた。そこで、仕事を見つけ、知識を身につけるために、それらの星を訪ねてみることにした。

最初の星は王様の住んでいる星だった。王様は紅《くれない》の衣と白テンの毛皮を着て、とてもシンプルだけれど堂々とした玉座《ぎょくざ》にすわっていた。

「おお！　家来がやってきたな」ちいさな王子を見て王様は叫んだ。

ちいさな王子はふしぎに思った。

（いままでに会ったこともないのに、どうしてぼくのことがわかったんだろう）

王子は知らなかったけれど、王様にとって、世界はいとも単純にできていたんだ。ひとはだれでも、自分の家来なんだから。

「顔がよく見えるように、近《ちこ》う寄れ」とうとうだれかの王様になれて、王様は鼻高々でいった。

王子はどこにすわろうかとあたりを見まわしたけれど、その星は立派な白テンのマントでおおわれてしまっていて、すわる場所もなかった。だから王子は立ったままでいるほかなく、つかれていたせいであくびをしてしまった。

「王の前であくびをするとは無作法じゃ。禁止する」と王様がいいました。

「ついあくびが出てしまうんです」と王子はすっかり恐縮していった。「ずっと旅をしてきて、眠っていなかったもんだから……」

「それならば、あくびを命じる。ひとがあくびをするところなど、もう何年も見ておらん。わしにとっては、あくびというのは珍しい見せものだ。ほら、もっとあくびをしろ。これは命令じゃ」

「なんだか緊張しちゃうなあ……。もうできないや……」ちいさな王子は顔をあからめた。

「ふむ、ふむ。それならばわしは……わしはきみに命令しよう、あるときはあくびをし、あるときは……」

王様はなにかむにゃむにゃいって、困った様子。

というのも、王様にとってなによりも大事だったのは、自分の権威がちゃんとたもたれることだったんだ。命令にそむくなど、許しがたい。なにしろ絶対君主なのだから。とはいえ王様はとてもいい人だったから、むちゃな命令はしなかった。

王様はよくいっていた。「もしもわしがだ、将軍に、海の鳥に変身せよと命令して、将軍がそれにしたがわなかったとする。それは将軍が悪いのではない。わしが悪いのだ」

「ぼく、すわってもいい？」ちいさな王子はおずおずとたずねた。

「命令する、すわりたまえ」王様はそう答えて、白テンのマントのすそをおごそかにひっぱった。

でも、ちいさな王子はびっくりだった。なんてちっぽけな星なんだ。いったいこの王様、何を支配しているというんだろう？

「王様……。あの、おたずねしたいことが……」

「命令する、たずねたまえ」王様はただちにいった。

「王様はいったい、なにを支配していらっしゃるんですか？」

「すべてじゃ」王様はあっけらかんと答えた。

「すべて、ですか？」

王様はさりげなく、自分の星とほかの星をみんな、指し示してみせた。

「あれ全部ですか？」王子はきいた。

「あれ全部じゃ」王様は答えた。

なにしろ、絶対君主というだけじゃなくて、この王様は宇宙全体の君主だったのだから。

「それで、星はみんな、いうことをきくんですか？」

「もちろんじゃ。すぐさま、いうことをきく。さからうなどもってのほかだからな」

これほどの力の持ちぬしがいるのかと、王子は感心してしまった。もし自分にもそんな力があったなら、一日のうち、四十四回どころか、七十二回でも、百回でも、あるいは二百回だって、椅子を移動する必要もなしに夕日をながめられるだろう！　あとに残してきたちいさな星のことを思い出して、ちょっと悲しくなった王子は、思いきって王様におねがいしてみた。

「ぼく、夕日が見たいんです……。

どうかおねがいします……。太陽に、沈むよう命令してください……」

「もしもわしがだ、将軍に、花から花へとチョウのように飛んでみせろと、あるいは悲劇をひとつ書いてみろと、はたまた、海の鳥に変身せよと命令して、将軍が命令を実行しなかったとする。将軍とわしと、いったい悪いのはどちらじゃ？」

「それはあなたでしょう」ちいさな王子はきっぱりといった。

「ご名答。人には、その人にできることを頼まねばならん。権威をたもてるのも、道理がとおっていてこそだ。もしおまえが民衆に、海にとびこめなどと命じたとすれば、革命がおこるじゃろう。服従せよ、という権利がわしにあるのは、道理のとおった命令をくだすからなのじゃ」

「それじゃ、ぼくがおねがいした夕日は？」ちいさな王子はたずねた。なにしろ、一度した質問は決してわすれない王子だからね。

「夕日はかならず、見せてやろう。わしが命令してやる。ただし、わしは政治のやりかたを知っておるからな、条件がととのうまで待つことにしよう」

「それはいつですか?」ちいさな王子は食いさがった。

「ふむ、ふむ」王様はおおきなカレンダーを見てから答えた。「うむ、うむ。いつかというと、それはだいたい……。だいたい今晩、七時四十分ころじゃろう。そのときになればわかるぞ、わしの命令がちゃんとまもられるということがな」

ちいさな王子はあくびをした。夕日が見られなかったのでがっかりだった。それにはやくも、ちょっとたいくつになってきた。

「この星にいても、ぼく、もうなにもすることありません。出発します」

「行かんでくれ」家来をもてて鼻高々だった王様はたのんだ。「行かんでくれ、おまえを大臣にしてやるから!」

「何大臣?」

「ううむ……法務大臣じゃ」

「でも裁判にかけなきゃならない人なんて、だれもいないでしょう」

「それはわからんぞ。わしはまだ、王国じゅうをまわったことがないからな。もうすっかり年をとったが、馬車をおく場所はない。とはいえ歩くのはつかれるしな」

「あれ？　ぼく、もう見ちゃいましたけど」そういって王子は、体をかがめてもう一度、星の裏側を見てみた。「あっち側にも、だれもいないなあ……」

「それならばおまえは、自分を裁判にかけるがいい。それがいちばんむずかしいのじゃ。他人を裁くより、自分を裁くことのほうがずっとむずかしい。もし自分をしっかり裁けるならば、それはおまえがほんものの賢者だからじゃ」

「でもぼく、どこにいたって自分のことは裁けます。ここに住んでいなくてもいいんです」

「うむ、うむ。そうじゃ、この星には、年寄りのネズミが一匹、どこかにかくれておる。夜になると音がきこえてくるのじゃ。あの年寄りネズミを裁判にかけたらいい。ときどきは、死刑の判決を出したっていいのだぞ。そうすればネズミのいのちはおまえの判決しだいということになる。だが、もったいないから、恩赦《おんしゃ》にしてやるのじゃ。一匹しかおらんのだからな」

「ぼく、死刑にするのなんていやです。それにもう、行かなくちゃ」

「行くな」

でもちいさな王子は、準備ができてしまうと、年とった王様を悲しませたくないと思った。

「王様がもし、命令をきちんとまもらせたいのだったら、どうかぼくに道理のとおった命令をお出しください。たとえば、一分以内に出発せよという命令はいかがでしょう。その条件はととのっているように思えるんですが……」

王様が返事をしないので、ちいさな王子は少しためらってから、ため息をついて、出発することにした。

「おまえをわしの大使にしてやろう」王様がいそいで叫んだ。

それがまた、いかにも威厳たっぷりの様子で。

（おとなってほんとに変わってるなあ）ちいさな王子は旅をつづけながら、つぶやいた。

11

二番目の星は、うぬぼれ屋の住んでいる星だった。

「ほほう！　おれのファンがやってきたぞ！」ちいさな王子の姿をみとめるやいなや、うぬぼれ屋は遠くから叫んだ。

というのも、うぬぼれの強い人にとっては、他人はみんな自分のファンなのだ。

「こんにちは。変わった帽子をかぶっていますね」

「これはな、あいさつするためさ。拍手かっさいされたとき、あいさつするのに必要なんだよ。ざんねんながら、だれもこのあたりをとおらないんだが」

「そうなの?」ちいさな王子はわけがわからずに答えた。

「拍手してくれよ、ぱちぱちぱちと」うぬぼれ屋がたのんだ。

ちいさな王子はぱちぱちと拍手した。うぬぼれ屋は帽子をちょっともちあげてあいさつした。

これは王様のところよりもおもしろいぞ、と王子は思った。そしてまたぱちぱちとやってみた。うぬぼれ屋はもう一度、帽子をもちあげてあいさつした。

そうやって五分もつづけているうちに、王子は同じことのくりかえしにくたびれてきた。

「帽子を下に落としちゃうには、どうすればいいんですか?」と王子はたずねた。

でもうぬぼれ屋は聞いていなかった。うぬぼれ屋の耳に入るのは、ほめ言葉だけなのだ。

「きみはほんとうに、おれの大ファンなのか？」

「大ファンって、どういうこと？」

「おれがこの星でいちばんハンサムで、りっぱな服を着ていて、金持ちで、頭がいいとみとめるってことさ」

「でも、この星にはおじさんしかいないじゃないか」

「とにかく、たのむよ。ファンになってくれよ」

「ファンになります」とちいさな王子は、ちょっと肩をすくめていった。「でもどうしてそんなことに、こだわるの？」

ちいさな王子は出発した。

（まったくもう、おとなって、ほんとに変わってるなあ）王子は旅をつづけながら、ぽつりとつぶやいた。

12

次の星はのんべえの住んでいる星だった。ほんの短いあいだしかいなかったけれど、おかげでちいさな王子はすっかり悲しい気分になってしまった。

「おじさん、なにしてるの？」王子はのんべえにたずねた。のんべえはずらりと並んだ空きびんと、中身の入っているびんを前に、だまりこくってすわっていた。

「酒をのんでるのさ」とのんべえが、暗くしずんだ顔で答えた。

「どうしてのむの？」ちいさな王子がたずねた。

「忘れるためさ」

「忘れるって、なにを？」ちいさな王子は早くも、のんべえのことが気の毒になってきた。

「恥ずかしさを忘れるためさ」のんべえはうつむきながら白状した。

「何が恥ずかしいの？」ちいさな王子は、力になってあげたくてたずねた。

「酒をのむことがさ！」のんべえはそういうと、だまりこんだ。

ちいさな王子は困ってしまって、立ち去った。

（まったくもう、おとなって、ほんとにほんとに変わってるなあ）王子は旅をつづけながら、つぶやいた。

13

四番目の星は、ビジネスマンの住んでいる星だった。なにしろおおいそがしで、ちいさな王子が到着しても顔も上げなかった。

「こんにちは。タバコの火が消えてますよ」

「三たす二は五。五たす七は十二。十二たす三は十五。こんにちは。十五たす七は二十二。二十二たす六は二十八。火をつけなおしてる時間がないんだ。二十六たす五は三十一。ふうっ！　しめて五億百六十二万二千七百三十一なり」

「なにが五億なの？」

「あれ？　まだいたの？　五億百……万ってなんだったかな？　もうわすれた。仕事が山ほどあるんだ。まじめだからな、わたしは。くだらないおしゃべりにふけってるひまなどない！　二たす五は七……」

「なにが五億なの？」ちいさな王子はくいさがった。ひとたび質問したら、なにがあっても決してあきらめない性質《たち》だからね。

ビジネスマンは顔を上げた。

「この星に住んで五十四年になるが、仕事のじゃまをされたことは三度しかない。最初はいまから、二十二年前のはなしだが、どこからかコガネムシが落っこちてきたんだ。そいつがぶんぶんとやかましいせいで、足し算に四ヶ所、まちがいが出た。二度目はいまから、十一年前のはなしで、リューマチの発作が出た。運動不足だ。散歩するひまもない。まじめだからな、わたしは。三度目はというと……まさにいまだ！それで、いくつだったっけ、五億百……万」

「なにが五億なの？」

ビジネスマンは、しずかに仕事させておいてはもらえないとあきらめた。

「なにが五億かって、ときどき空に見える、例のちいさなやつがだよ」

「ハエのこと？」

「ちがう、きらきら光るちいさなやつさ」

「ミツバチ？」

「ちがうね。ぐうたらな連中を夢見ごこちにさせる、ちいさな金色のやつだよ。でもまじめだからな、わたしは！夢など見てるひまはない」

「そうか、星のことだね？」

「そのとおり。星のことだよ」

「それで、五億の星をどうするの？」

「五億百六十二万二千七百三十一。まじめだからな、わたしは。数字にはうるさい」

「で、その星をどうするの？」

「どうするかって？」

「そう」

「別に。わたしは星を所有《しょゆう》しているんだ」

「星を所有しているの？」

「そうさ」

「でもぼくこのあいだ、王様に会ったんだけど……」

「王様は所有などしない。『支配』するんだ。ぜんぜんちがう」

「星を所有して、なんの役に立つの？」

「金持ちになれるじゃないか」

「お金持ちになるのは、なんの役に立つの？」

「ほかの星を買うことができる。だれかが新しい星を見つけたなら」

（このおじさんの理屈は、この前に会ったのんべえみたいだな）とちいさな王子は思った。

王子はへこたれずに、もっと質問をした。

「どうやったら星を所有できるの？」

「星はいったい、だれのものだ？」ビジネスマンはむっとしたらしく、逆に聞いてきた。

「しらないよ。だれのものでもない」

「それなら、わたしのものだ。だってわたしが最初に考えたんだから」

「考えただけでいいの？」

「もちろん。ダイヤモンドを見つけたとする。だれのものでもないなら、それはきみのものだ。だれのものでもない島を見つけたなら、それはきみのもの。人より先になにか思いついたなら、特許をとればいい。そうすれば、それはきみのものだ。わたしは星を所有している。なにしろ、星を所有しようと思った人間は、わたしの前にはだれもいなかったからさ」

「そりゃそうだ。で、星をどうするの？」

「管理するよ。星の数をかぞえたり、またかぞえなおしたり。むずかしいんだぞ。でもまじめだからな、わたしは！」

ちいさな王子はまだ納得がいかなかった。

「もしぼくがスカーフを『所有』していたら、それを首にまいて出かけられる。もしぼくがお花を『所有』していたら、それをつんでもっていける。でもおじさんには、星をつんだりできないでしょう」

「できないさ。でも、銀行にあずけておくことはできる」

「それ、どういうこと？」

「つまり、星の数を、紙切れの上に書いておくんだ。そしてその紙をひきだしにしまって、鍵をかけておく」

「それだけ？」

「それだけでいい」

（おもしろいなあ）とちいさな王子は思った。（とてもすてきだぞ。でも、まじめな話とは思えないなあ）

ちいさな王子は、なにがまじめなことかについては、おとなたちとずいぶんちがう考えをもっていた。

「ぼくはお花を一つ『所有』している。そのお花に毎日水をやっている。火山を三つ『所有』していて、毎週、すす払いしている。消えている火山だって、すす払いしてるんだ。先のことはわからないからね。だから、ぼくが『所有』してるってことは、火山や、お花の役に立ってるんだよ。でもおじさんは、星の役に立っていないじゃないか」

ビジネスマンは口をひらいたけれど、いいかえす言葉が見つからなかった。そこでちいさな王子は立ち去った。

（まったくもう、おとなってとんでもなく変わってるなあ）王子は旅をつづけながら、ぽつりとつぶやいた。

14

五番目の星はとてもふしぎな星だった。ほかのどの星よりもちいさかった。そこには街灯と、明かりをともす点灯係のための場所しかなかった。空のかたすみの、家もなければ住人もいない星の上で、街灯や点灯係がなんの役に立つのやら、ちいさな王子にはさっぱりわからなかった。それでも王子は、こんなふうに考えた。

（きっとこの人、わけのわからない人なんだろうな。でも王様や、うぬぼれ屋や、ビジネスマンや、のんべえほどじゃない。この人の仕事にはちゃんと意味があるもの。街灯をつけるのは、新しい星を輝かせたり、お花を咲かせたりするのに似ている。街灯を消すのは、お花や星を眠らせてあげるようなものだな。とてもきれいな仕事じゃないか。ほんとに役に立つ仕事だなあ、だってきれいだもの）

星に近づくと、王子は点灯係にていねいにあいさつした。

「こんにちは。どうしていま、街灯を消したの？」

「そういう命令だからさ。おはよう」

「命令って？」

「街灯を消せという命令だよ。こんばんは」

そして彼はまた街灯をつけた。

「どうしてまたつけたの？」

「命令なんだよ」

「わかんないなあ」

「わかんなくたっていい。命令は命令だ。おはよう」

そして点灯係は街灯を消した。

それから彼は、赤いチェックのハンカチを取り出してひたいの汗をぬぐった。

「いやはや、まったくおそろしい仕事だよ。むかしはまともだった。朝になれば街灯を消し、夜になればつける。昼間は休めたし、夜は眠っていられたのに……」

「命令が変わっちゃったの？」

「命令は変わっていない。だからひどいのさ！　毎年、この星はどんどんスピードを早めてまわるようになったのに、命令は変わっていないんだよ！」

「それで？」

「それでいまじゃ、星は一分間でひとまわりするから、わたしゃもう一秒も休んでいられない。一分おきにつけたり、消したりさ！」

「そりゃおもしろい！　この星の一日は、一分しかつづかないんだね！」

「おもしろくなんかあるものか。わたしたちが話しはじめてから、もう一月《ひとつき》たってるんだぞ」

「一月？」

「そうだ。つまり三十分。三十日さ！　こんばんは」

そして点灯係はまた街灯をつけた。

ちいさな王子は彼の顔を見た。命令を守ろうとこんなに一生懸命やっている点灯係のことが、王子は好きになった。自分も前に、夕日を見ようとしていすを移動させたりしたことを思い出した。この友だちを助けてあげたくなった。

「あの……。ぼく、好きなときに休めるやり方を知ってるんだけど……」

「いつだって休みたいよ」

一生懸命やっていたって、人はだれしも、なまけたいものなんだ。

ちいさな王子は提案した。

「この星はなにしろ、三歩あるけばひとまわりできるくらいちいさいでしょう。だから、ゆっくりあるきさえすれば、いつだってお日さまに当たっていられる。休みたくなったら、あるけばいいんだ……。そうすれば、好きなだけ昼間がつづくでしょ」

「それはあまり助けにはならんな。わたしが好きなのは、眠ることなんだよ」

「ざんねんでした」とちいさな王子。

「ざんねんでした」と点灯係。「おはよう」

そして彼は街灯を消した。

ちいさな王子はさらに遠くへ旅をつづけながら、つぶやいた。（あの人は、ほかのみんなに馬鹿にされるんだろうな。王様にも、うぬぼれ屋にも、のんべえにも、ビジネスマンにも。でもぼくには、あの人だけはこっけいに思えなかった。それはきっと、あの人が自分以外のもののことを気にかけていたからなんだ）

王子はさも残念そうにため息をついて、さらにこう考えた。

（ぼくが友だちになれた、たったひとりの人だった。でもあの星はとってもちいさすぎて、二人分の場所はなかったなあ……）

自分では認めたくなかったけれど、ちいさな王子があの星をなごり惜しく思うのには、もっとわけがあった。それはあそこが、夕日を二十四時間に千四百四十回も見られる、恵まれた星だったからなんだよ！

15

六番目の星は前の星の十倍も広かった。住んでいるのは年寄りの先生で、おおきな本を何冊も書いていた。

「おや！　探検家のおでましか！」先生はちいさな王子に気づくと大声でいった。

ちいさな王子はテーブルの上に腰かけて、ほっと息をついた。もうずいぶんあちこち、旅をしてきたからねえ！

「どこからきたのかね？」年寄りの先生がきいた。

「このおおきな本、なんの本ですか？　あなたは何をしている人？」とちいさな王子はたずねた。

「わしは地理学者だ」

「地理学者って、なんですか？」

「海や、川や、町や、山や、砂漠がどこにあるのかを知っている学者のことだよ」

「そりゃおもしろそうだ。それこそはほんものの仕事ですね」

そして王子はあたりを見まわして、地理学者の星をながめた。こんなに立派な星は、これまでに見たことがなかった。

「先生の星は、ほんとにきれいですね。海はありますか？」

「それはわからん」と地理学者はいった。

「あれれ！（ちいさな王子はがっかりした）じゃあ、山は？」

「それもわからん」

「町や、川や、砂漠は？」

「それもわからんのだ」

「でも先生、地理学者なんでしょう?」

「そうじゃ。だがわしは探検家ではない。まったくもって、探検家が不足しとるのさ。地理学者が自分から、町や、川や、山や、内海や、外海や、砂漠を数えに出かけるものではないのでな。地理学者というのはとてもえらいから、そんなふうにうろつくわけにはいかん。仕事部屋を離れてはならんのだ。そのかわり、探検家にきてもらう。いろいろと質問をして、探検家が覚えていることを書きとめるのさ。そして何かおもしろい話をする探検家がいたならば、地理学者はその探検家が信用のおける人間かどうか、調査をする」

「どうしてですか?」

「なぜなら、探検家がうそつきだったりすると、地理学者の本はとんでもないことになるからな。それから、酒を飲みすぎるようなやつもいかん」

「どうしてですか?」

「なぜなら、よっぱらいにはものが二重に見えるからだ。そうすると地理学者は、一つしか山がないのに、二つある、と書くことになってしまうだろ」

「ぼくの知りあいに、探検家向きじゃない人がいますよ」

「そうだろう。それでな、探検家が信用のおける人間らしいとなったら、今度はその発見について調査するのだよ」

「ほんとうに見にいくのですか?」

「いいや。そりゃめんどうだ。そうではなくて、探検家に、証拠品を出させるのさ。たとえば、おおきな山を見つけたというのなら、おおきな石をもってこさせるわけだ」

地理学者はそこで急に、わくわくしてきたようだった。

「ところできみは、遠くからやってきたんだろう! 探検家だな! きみの星について、きかせてくれたまえ!」

そして地理学者は記録帳をひらいて、鉛筆のしんをとがらせた。まず、探検家の話を鉛筆で下書きする。探検家が証拠品をもってきたら、今度はインクで清書するんだ。

「さて？」と地理学者がうながした。

「ええっと。ぼくの星は、そんなにおもしろい星じゃありません。とってもちいさいんです。火山が三つあります。そのうち二つが活火山で、もう一つは休火山です。でも先のことはわかりませんから」

「先のことはわからんからな」と地理学者がいった。

「それから、お花もあります」

「花はいい、わしらは花など記録せんから」

「どうして！　とってもきれいなのに！」

「花ははかないものだからな」

「はかないものって、どういう意味？」

「地理学の本というのは、あらゆる本のなかでもっとも貴重なものなのだ。決して古びたりせん。山の位置が変わるなど、めったにあることじゃないだろう。海の水がからっぽになってしまうなどということも、めったにない。わしらは永遠に変わらないことだけを記録するのだ」

「でも、休火山はいつかまた火をふくかもしれないでしょ?」ちいさな王子は口をはさんだ。「はかないものって、どういう意味ですか?」

「活火山でも休火山でも、わしらには関係のないことさ。大事なのは、山そのものだからな。山であることに変わりはない」

「でも、はかないものっていうのは、どういう意味?」ちいさな王子はくりかえした。なにしろ生まれてこのかた、一度した質問をあきらめたことがないんだ。

「それはな、もうじき消えてなくなる、という意味さ」

「ぼくのお花、もうじき消えてなくなるんですか?」

「そういうことだ」

(ぼくのお花、はかないものなんだ)とちいさな王子はつぶやいた。(しかも世界から身を守るために、四本のとげしか身につけてない! それなのにぼく、ひとりぼっちで星に残してきてしまったんだ！）

そのとき王子は初めて、後悔の気持ちがわいてきた。でも王子は気をとりなおして、地理学者にたずねた。

「先生、ぼくはこれからどこに行ったらいいでしょう？」

「地球という星に行きたまえ。評判のいい星だからね……」

そこでちいさな王子は旅立った。自分の花のことを考えながら……。

16

というわけで、七番目の星は地球だった。

地球はそんじょそこらの星とはちがう。王様の数は百十一人（もちろん、黒人の王様も忘れずに）、地理学者は七千人、ビジネスマンは九十万人、よっぱらいは七百五十万人、うぬぼれ屋は三億千百万人、つまりおとなの数はおよそ二十億人だ。

地球がどんなにおおきいかわかってもらうために、こんな話をしよう。電気が発明されるまえ、地球では六つの大陸全体であわせて、四十六万二千五百十一人もの点灯係をやとっておかなければならなかったんだ。まさしく一個の軍団といっていい。

少し離れたところから見ると、それはすばらしいながめだった。軍団の動きは、オペラのバレエみたいに規律ただしい。まず最初は、ニュージーランドとオーストラリアの点灯係だ。自分たちの街灯に明かりをともすと、ひきさがって眠りにいく。すると今度は、中国とシベリアの点灯係が舞台に登場する。やがて彼らも、舞台裏にひきさがる。今度はロシアとインドの点灯係の番だ。

それからアフリカとヨーロッパの点灯係。それから南アメリカの点灯係。そして北アメリカの点灯係。しかもみんな、出番をけっしてまちがわなかった。じつにたいしたものだった。

ただし、北極に一本だけある街灯の点灯係と、南極の点灯係だけは、のんきになまけていた。一年に二度はたらくだけでよかったからね。

17

気のきいたことをいおうとして、うそがまじるということがある。ぼくはいま、街灯の点灯係の話をしたけれど、あまり正直だったとはいえない。地球のことを知らない人たちに、まちがったイメージを与えてしまいかねない。地球上で、人間が占めている場所など、ほんのわずかでしかないんだ。もし地球の住人みんなが、集会のときみたいに立ったままで、すこし詰めあうならば、たてよこ二十マイルほどの広場にやすやすとおさまるだろう。太平洋のどんなちいさな島にだって、全人類を詰めこむことができるくらいだ。

もちろん、おとなたちはそんな話を信じないさ。場所がたっぷり必要だと思っている。バオバブの木みたいにご立派なつもりでいる。だから、計算してみたらって、すすめてやるんだね。おとなは数字が大好きだから、よろこんで計算するだろう。でもきみたちは、そんなつまらないことで時間をつぶさないように。必要ないじゃないか。きみたちはぼくのこと、信じてくれているのだから。

さて、地球上に到着したちいさな王子は、だれもいないのでびっくりした。ひょっとして星をまちがったかなと心配になってきたときに、砂のなかで、お月さまの色をした輪っかが、すっと動いた。

「こんばんは」ちいさな王子は念のため、あいさつしてみた。

「こんばんは」輪っかのようなヘビがこたえた。

「ぼく、なんという名前の星に落ちてきたんだろう?」

「地球だよ。ここはアフリカ」とヘビがいった。

「へえ!……　じゃあ、地球にはだれもいないの?」

「ここは砂漠だからね。砂漠にはだれもいないよ。地球はおおきいんだ」

ちいさな王子は岩に腰をおろして、空をながめた。

「星が光ってるのは、だれでもいつか、自分の星が見つけられるようにするためなのかなあ。ぼくの星をみてごらんよ。ちょうど頭の上にある……。でも、なんて遠いんだろう！」

「きれいな星だね」とヘビがいった。「ここには、何をしにきたんだい？」

「お花とのあいだがこじれちゃったんだよ」

「ふーん！」

そこで二人はだまった。

やがて、ちいさな王子がまた口をひらいた。

「人間はどこにいるの？　砂漠って、ちょっとさびしいところだね……」

「人間たちのところにいたって、さびしいさ」

ちいさな王子は、ヘビをまじまじと見つめてからいった。

「きみはふしぎな動物だねえ。指みたいにほそくって……」

「でもぼくは、王様の指よりも力があるんだぞ」

ちいさな王子はにっこりした。

「あんまり強そうじゃないなあ……。足もないし……。旅行だってできないだろう」

「きみをのっけて、船よりも遠くまで行けるぜ」とヘビはいった。

ヘビはちいさな王子の足首に、金色のブレスレットみたいに巻きついた。

「ぼくはね、触った人を、もとの土に還《かえ》してあげるんだ。でも、きみは純粋だし、星からやってきたんだしなあ……」

ちいさな王子は何も答えなかった。

「きみはかわいそうだね、そんなに弱々しいのに、岩だらけの地球なんかにやってくるんだもの。もしそのうち、自分の星がなつかしくてたまらなくなったら、ぼくが力になってあげるよ。ぼくの力さえあれば……」

「ああ、よくわかったよ。でもどうしてきみは、謎みたいなことばかりいうんだい？」

「その謎をみんな、ぼくが解いてやるのさ」とヘビはいった。

そして二人はだまったんだ。

18

ちいさな王子は砂漠を横切って進んだけれど、出会ったのはたった一輪の花だけだった。花びらが三枚ついた、どうということもない花さ……。

「こんにちは」と王子。

「こんにちは」と花。

「人間にはどこへ行ったら会えますか？」ちいさな王子は礼儀ただしくたずねた。

花は以前、隊商がとおるのを見たことがあった。

「人間ですか？　たぶん、六人か七人はいるでしょうね。何年かまえに見かけましたよ。でも、どこにいるのかなんて知りません。なにしろ風まかせでしょう。人間には根っこがありませんもの。それで人間はずいぶん、苦労しているんですよ」

「さよなら」とちいさな王子。

「さよなら」と花。

19

ちいさな王子は高い山にのぼった。これまでに山といえば、自分のひざまでの高さしかない三つの火山しか知らなかった。そのうち、休火山は腰かけに使っていたくらいだった。だから王子はこう思った。(こんなに高い山のてっぺんからは、地球がまるごと見わたせるだろうし、人間たちもみんな見えるだろうな……)ところが見えたのは、針みたいにとんがった岩山ばかり。

「こんにちは」とにかく、王子はあいさつしてみた。

「こんにちは……　こんにちは……　こんにちは……」とこだまがこたえた。

「きみたちはだれ?」

「きみたちはだれ……　きみたちはだれ……　きみたちはだれ……」とこだまがこたえた。

「友だちになってよ、ぼく、ひとりぼっちなんだ」

「ひとりぼっちなんだ……　ひとりぼっちなんだ……　ひとりぼっちなんだ……」とこだまがこたえた。

そこで王子は思った。〈なんてへんな星なんだろう！　からからに乾いていて、どこもかしこもとんがってて、すごくしょっぱい。それに人間には想像力がまるでないらしい。いわれたことをくりかえすだけだもの……。ぼくの星にはお花がある。いつもお花のほうから、話しかけてくれたなあ……〉

20

それでも、砂や岩や雪のなかを長いあいだ歩きつづけたあげく、ちいさな王子はようやく道を見つけた。そして道はかならず、人間のところに通じているものだ。

「こんにちは」と王子はいった。

そこはバラの咲きほこる庭だった。

「こんにちは」とバラの花は口々にいった。

ちいさな王子は花をながめた。どれもみんな、自分の花にそっくりだ。

「きみたち、だれだい？」王子は仰天してたずねた。

「わたしたちはバラですよ」とバラの花がこたえた。

「へーえ！」とちいさな王子……。

そして王子はとてもふしあわせな気持ちになった。王子の花は、自分は宇宙でたった一つの花なんだとい

っていたじゃないか。ところがこの庭だけで、同じ花が五千本も咲いているなんて！

王子は思った。（もしこれを見たら、あのお花、すっかり困ってしまうだろうなあ……。やたらにせきこんでから、笑いものになるくらいならって、死んだふりだってするだろう。でぼくは、介抱するふりをしてあげなきゃならないんだ、そうしなければお花は、ぼくにも恥をかかせようとして、ほんとに死んでしまうかもしれない……）

それからこうも思った。（この世にたった一つしかない花をもってるぼくは、なんて豊かなんだろうといままでは思ってた。でもそれはどこにでもあるバラだったんだ。それと、ひざまでしかない火山が三つ。しかもそのうちの一つはきっと、これからも火が消えたままだろう。これじゃあぼくは、たいした王様にはなれないなあ……）そして王子は草むらにつっぷして、泣きだしたのさ。

21

そのとき、キツネがあらわれた。

「こんにちは」とキツネがいった。

「こんにちは」ちいさな王子は礼儀ただしくこたえたけれど、ふりかえってみてもだれもいない。

「ここだよ、りんごの木の下だよ……」

「きみはだれ？」ちいさな王子はたずねた。「とてもきれいだね……」

「ぼくはキツネさ」とキツネがいった。

「おいで、いっしょにあそぼうよ。ぼく、とってもさびしいんだ……」

「きみとは遊べないな」とキツネはいった。「だってぼく、まだなつかせてもらっていないもの」

「ああ、それはごめんね」とちいさな王子はいった。

でも少し考えてから、つけくわえたんだ。

「『なつかせる』って、いったいどういう意味なの？」

「きみはこのあたりの人じゃないね。なにをさがしているんだい？」

「人間をさがしているんだよ。『なつかせる』ってどういう意味なの？」

「人間は猟銃をもっていて、それで狩りをする。まったく困ったもんだ！それから、ニワトリも飼ってる。それだけが取り柄さ。きみ、ニワトリをさがしてるの？」

「ううん。友だちがほしいんだよ。『なつかせる』ってどういう意味なの？」

「それはね、つい忘れられがちなことなんだよ。『きずなを作る』という意味なんだ」

「きずなを作る？」

「そうだとも。ぼくにとってきみはまだ、たくさんいるほかの男の子たちとおなじ、ただの男の子でしかない。ぼくにとっては、きみがいなくたってかまわないし、きみだって、ぼくなんかいなくてもいいだろ。きみにとってぼくは、ほかのたくさんいるキツネとおなじ、ただのキツネでしかない。でも、もしきみがぼくをなつかせてくれるなら、ぼくらはお互いが必要になる。きみはぼくにとって、この世でたった一人のひとになるし、きみにとってぼくは、この世でたった一匹のキツネになるんだよ……」

「だんだんわかってきた」とちいさな王子はいった。「お花が一輪あってね。そのお花、ぼくのことを、なつかせてくれたんじゃないかな……」

「かもね。地球の上じゃ、どんなことだっておこるからな……」

「ちがうんだよ、地球の上の話じゃないんだ」

ちいさな王子がそういうと、キツネは身を乗りだしてきた。

「別の星の話ってことかい？」

「そうだよ」

「その星には、狩人《かりゅうど》はいるの？」

「いないよ」

「ほう、そりゃいいなあ！　それじゃ、ニワトリは？」

「いない」

「なんでもかんぺきってわけにには、いかないよなあ」とキツネはため息をついた。

でもまた、キツネは自分の話にもどった。

「ぼくの暮らしは、単調なんだよ。ぼくがニワトリをおいかけ、人間がぼくをおいかける。ニワトリはみんなおんなじだし、人間もみんなおんなじ。だからちょっと退屈なんだ。でも、もしきみがぼくのことをなつかせてくれれば、ぼくの暮らしはお日さまに照らされたみたいになる。ほかの足音とはちがう足音を、ききわけられるようになるんだ。ほかの足音がしたら、ぼくは穴のなかにもぐっちゃう。きみの足音が聞こえたら、まるで音楽が聞こえてきたみたいに、穴から出ていくよ。それにまあ見てよ。ほら、あそこ、麦畑になってるでしょ？　ぼくはパンなんか食べない。だから麦はなんの役にもたたない。麦畑を見たって何も感じないんだ。さびしいことだよ！　でも、きみは金色の髪の毛をしてるね。だから、きみがぼくのことをなつかせてくれたら、とってもいいと思うんだ！　麦も金色だから、麦畑を見ればきみのことが思い出せるでしょ。それにぼく、麦畑に吹く風の音がきっと好きになるよ……」

キツネはそこで口をとじて、ちいさな王子をじっと見た。

「たのむよ……。ぼくをなつかせてくれよ！」

「そうしたいけど、でもぼく、あんまり時間がないんだ。友だちを見つけなきゃならないし、知っておかなきゃいけないこともたくさんあるし」

「自分でなつかせたもののことしか、ほんとにはわからないんだよ。人間にはもう、ものを知る時間なんてないんだ。店でできあいのものを買ってくるでしょ。でも友だちは店では売ってない。人間にはもう友だちなんていないんだ。きみがもし、友だちをほしいなら、ぼくをなつかせてくれよ！」

「それには、どうすればいいの？」

「辛抱《しんぼう》がかんじんだよ。最初はぼくからちょっと離れて、こんなふうに、草むらにすわるんだ。ぼくはきみのことを横目で見るけど、なんにもいわないでね。ことばは誤解のもとだから。でも毎日少しずつ、ぼくの近くにすわるようにして……」

次の日、ちいさな王子はまたそこにやってきた。

「おなじ時間にきてくれたほうがよかったなあ」とキツネはいった。「たとえばもしきみが、午後四時にくるとするでしょ、そうするとぼくは三時にはもううれしくなっちゃう。時間がたつにつれて、うれしさもふくらむ。四時にはすっかりわくわくして、おちつかなくなってるさ。しあわせってどんなものかが、わかるんだよ！　でも、きみがいつくるかわからないと、ぼくは何時に心の準備をしたらいいのかわからないでしょ……。決まり事がいるんだよ」

「決まり事ってなに？」ちいさな王子はたずねた。

「これまた、とかく忘れられがちなものなんだ。これのおかげで、ある一日がほかの日とはちがったものになり、ある時間がほかの時間とはちがったものになる。たとえば、ぼくをつけねらうここの狩人たちにも決まり事があるよ。木曜日には村の娘たちとダンスをするんだ。だから木曜日はとってもうれしい日さ！　ぼくはブドウ畑まで出かけていっちゃう。もし狩人たちがいつダンスするのかわからなかったら、どの日もみんなおなじになって、ぼくには休める日がなくなってしまうじゃないか」

こうして、ちいさな王子はキツネをなつかせていったんだ。やがて、出発のときが

近づいた。

「あーあ……。ぼく、泣いちゃうだろうな」とキツネがいった。

「きみのせいだよ」とちいさな王子はいった。「きみをつらい目にあわせるつもりなんかなかったのに。きみが、なつかせてくれってたのんだんだよ」

「わかってるさ」

「それでも泣くんだね？」

「そうとも」

「それじゃ、なんにもいいことないじゃないか」

「そんなことないよ。だって、麦畑の色がある」

そしてキツネは、こうつけくわえた。

「もう一度、バラを見に行ってごらんよ。そうすれば、きみのバラがこの世でたった一輪のバラだってことがわかるから。それからもう一度、さよならをいいに戻ってきてくれよ。そうしたら、秘密を一つ、おみやげにあげよう」

ちいさな王子はバラを見に出かけた。

「きみたちはぜんぜん、ぼくのバラには似てないよ。ぼくにとってきみたちはまだ、なんでもないんです。だれもまだ、きみたちをなつかせてないし、きみたちだって、まだだれのことも、なつかせていない。ぼくのキツネが、はじめはそうだったのとおなじだね。最初はほかのたくさんいるキツネとおなじ、ただのキツネでしかなかったんだ。でもぼくらは友だちになった。いまではそのキツネは、この世でたった一匹のキツネなんだよ」

バラたちは困ったような顔をした。

「きみたちはきれいだけど、でもからっぽなんだよ」ちいさな王子はさらにつづけた。「きみたちのためには死ねない。そりゃ、通りすがりの人にとっては、ぼくのバラもきみたちと区別がつかないだろうね。でも、きみたちみんなを集めたより、あの一輪のバラのほうが大事なんだよ。だってぼくが水をあげたのはあのバラなんだもの。ガラスのケースもかぶせてあげた。ついたても立ててあげた。毛虫だって退治してあげた（チョウチョになれるように、二、三匹は残しておいたけど）。ぐちだって、自慢話だって聞いてあげたし、何もいわないときだっていっしょにいてあげたんだ。だって、ぼくのバラなんだもの」

そして王子は、キツネのところに戻ってあいさつした。

「さよなら……」

「さよなら。じゃあ、秘密を教えてあげよう。とてもかんたんだよ。心で見なくちゃ、ものはよく見えない。大切なものは、目には見えないんだよ」

「大切なものは、目には見えない」ちいさな王子は、忘れないようにくりかえした。

「時間をかけて世話したからこそ、きみのバラは特別なバラになったんだ」

「時間をかけて世話したからこそ……」ちいさな王子は、忘れないようにくりかえした。

「人間はこんな大事なことを忘れてしまったんだよ」とキツネはいった。「でも、きみは忘れちゃだめだよ。自分がなつかせた相手に対して、きみはいつまでも責任がある。きみはきみのバラに責任があるんだよ……」

「ぼくはぼくのバラに責任がある……」ちいさな王子は、忘れないようにくりかえした。

22

「こんにちは」とちいさな王子がいった。

「こんにちは」と線路のポイント係がいった。

「ここで、何してるの？」

「お客をよりわけてるのさ、千人ずつまとめてな。こんどは右、おつぎは左ってね」

そのとき、明かりをともした特急が、かみなりのような音をたてて通りすぎ、ポイント係の小屋をゆるがせた。

「ずいぶん急いでるなあ。何をさがしてるんだろう」

「そりゃ、運転士だって知らないんだ」

すると今度は反対方向へ、明かりをともした特急が音をたてて走りぬけた。

「あの人たち、もう戻ってきたの？」ちいさな王子はたずねた。

「さっきの人たちじゃないんだよ。すれちがったのさ」

「自分のいるところが、気に入らなかったのかなあ」

「自分のいるところが気に入っている人間なんて、いやしない」

すると三本目の、明かりをともした特急が、かみなりのような音をたてて通っていった。

「最初の人たちを追いかけてるのかな？」

「なんにも追いかけてなどいないさ。あのなかで眠ってるか、あくびをしてるかだ。こどもたちだけは、窓に顔をくっつけて外を見てるけどな」

「なにをさがしてるのか、こどもだけはわかってるんだ。こどもは、ぼろきれで作った人形と時間をかけて遊ぶでしょ、そうするとぬいぐるみはとても大事なものになる。で、それを取りあげられたら、こどもは泣いちゃうんだ……」

「こどもがうらやましいなあ」とポイント係はいった。

23

「こんにちは」とちいさな王子がいった。

「こんにちは」と商人がいった。

それはのどの渇きをしずめるという、あたらしい薬を売る商人だった。週に一粒、その薬を飲めば、それでもう何も飲みたくなくなるのだそうだ。

「どうしてそんな薬を売ってるの？」ちいさな王子がたずねた。

「ずいぶん、時間のせつやくになるんだよ。専門家が計算してみたんだ。そしたら、毎週五十三分のけんやくになるらしい」

「その五十三分をどうするの？」

「好きなように使えばいいさ……」

ちいさな王子はつぶやいた。（ぼくだったら、もし五十三分つかえるなら、どこかの泉まで、ゆっくり歩いていくだろうなあ……）

24

砂漠で飛行機が故障してから八日目。薬売りの話を、ぼくはたくわえておいた水の最後の一滴を飲みながら聞いた。ちいさな王子に、ぼくはこういった。

「やれやれ、きみの体験談はみんな、とてもおもしろいけど、飛行機はまだ修理できていないし、もう飲むものは何もない。ぼくだって、泉にむかってゆっくり歩いていけるなら、しあわせなんだがなあ！」

「ぼくの友だちのキツネがね」と王子がいおうとした。

「おいおい、キツネどころじゃないだろう」

「どうして？」

「だって、このままじゃのどが渇いて死んじゃうよ……」

王子にはそんな理屈は通じなかった。なにしろこんなことをいうんだ。

「友だちがいたっていうのはいいことだよね、たとえもうすぐ死ぬとしても。ぼく、キツネと友だちになれてよかったなあ……」

ぼくは思った。（危険な状況にいるってことが、この子にはわからないんだな。この子は今までにおなかがすいたことも、のどが渇いたこともない。お日さまが少しばかり照っていれば、それだけでいいんだ……）

すると王子はぼくをじっと見て、考えを見すかすように返事をした。

「ぼくだってのどが渇いてるんだよ……。井戸をさがしに行こう……」

ぼくは、さもあきれたというふうな身ぶりをした。だだっぴろい砂漠のまんなかで、あてずっぽうに井戸をさがしに出かけるなんてばかげてる。それでも、ぼくらは歩きだした。

何時間もだまって歩きつづけるうちに、日が暮れて、空には星がまたたきはじめた。あんまりのどが渇いて熱っぽかったぼくは、夢でも見ているような気分でそれをながめていた。ちいさな王子のいった言葉が、頭のなかでおどっていた。

「それじゃきみも、のどが渇いてるんだね？」とぼくはたずねた。

でも王子は答えずに、こういっただけだった。

「水は、心にだっておいしいんだ……」

どういう意味なのかはわからなかったが、ぼくは口をつぐんだ……。王子に質問してもしかたがないと、わかっていたから。

王子はくたびれて、しゃがみこんだ。ぼくもそばにすわった。しばらく黙っていてから、王子はこういった。

「星があんなにきれいなのは、見えない花が一輪、咲いているからなんだよ……」

ぼくは「そうだね」といったきり、なにもいわずに、月明かりに照らされた砂漠のひだを見つめていた。

「砂漠はきれいだな」と王子はつけくわえた。

なるほど、そのとおりだった。昔からぼくは砂漠が好きだった。砂丘に腰をおろす。なにも見えない。なにも聞こえない。でも沈黙のなかで、なにかが輝いている……。

ちいさな王子がいった。

「砂漠がきれいなのは、どこかに井戸を隠しているからなんだよ……」

砂漠がふしぎな光をはなっているわけがとつぜんわかって、ぼくはびっくりした。こどものころぼくは、古い家に住んでいた。その家のどこかに、宝物がうまっているという話が伝わっていた。もちろん、だれも宝をみつけた人はいなかったし、さがしてみた人さえいなかったかもしれない。でも、そのおかげで家全体に魔法がかけられているようだった。ぼくの家は、心の奥底に秘密を隠していたんだ……。

「そうだね」とぼくはちいさな王子にいった。「家でも、星でも、砂漠でも、その美しさって、目に見えないものだね」

「うれしいなあ、ぼくのキツネとおなじことをいってくれて」

ちいさな王子がうとうとしはじめたので、ぼくは王子を両腕でかかえてまた歩きはじめた。なんだか胸がいっぱいだった。こわれやすい宝物を運んでいるような気分だった。地球上に、これほどこわれやすいものはないという気さえした。月明かりに照らされた青白い額や、閉じた目、風にゆれる前髪を見ながら思った。（目に見えるのはうわべでしかない。いちばん大切なものは見えないんだ……）

心もち開いた王子の口元に、かすかな笑みがうかんだので、ぼくはこうも思った。（ちいさな王子の寝顔が、こんなに胸を打つのは、この子がずっと花のことを思っているからなんだ。眠っていてさえ、この子のなかでは花の姿が、ランプの炎のように輝いているからなんだ……）そう思うと、王子がいっそうこわれやすいもののように思えた。ランプの炎はまもってやらなければならない。風のひと吹きで、消えてしまうかもしれないのだから。

そうやって歩いていくうちに、明け方、ぼくは井戸を見つけた。

25

「人間って、特急に乗りこんでるくせに、自分が何をさがしてるのかはわからなくなってしまっているんだ。だからあんなにおちつきがなくて、同じところをぐるぐるまわったりしているんだね……」

そして王子はこうもいった。

「ご苦労さまだなあ……」

ぼくらが行きあたった井戸は、どうもサハラ砂漠の井戸らしくなかった。サハラ砂漠の井戸は、砂地を掘ったたんなる穴だ。この井戸は、ふつうの村の井戸に似ていた。ところがあたりに村などありはしない。だからぼくは、夢でも見ているような気分だった。

「変だな」とぼくはちいさな王子にいった。「なにもかもそろってるぞ。滑車《かっしゃ》に、つるべに、綱に……」

王子は笑い声を上げ、綱をつかむと、滑車を動かしてみた。すると滑車は、長いこと風が吹かないせいで眠りこんでいた古い風見鶏《かざみどり》みたいに、ギイッときしんだ。

「聞こえるでしょ」とちいさな王子はいった。「ぼくら、この井戸の目をさましたんだ。井戸が歌ってるよ……」

ぼくは王子に無理をさせたくなかった。

「まかせてくれよ、きみには重すぎるだろ」

ぼくはつるべを井戸のふちまでゆっくり引き上げた。そしてそこにしっかりと置いた。耳の中では滑車の歌がなおもひびいていた。水面がまだ揺れていて、太陽がゆらめいていた。

「ぼく、その水が飲みたいんだよ」とちいさな王子がいった。「さあ、飲ませて……」

王子がなにをさがしていたのか、これでぼくにも納得がいった！

つるべを王子の口元まで持ち上げてやった。王子は目をつぶったまま水を飲んだ。なにかのお祝いみたいに、嬉しさがこみあげてきた。その水はただの飲み物などではなかった。星空の下を歩いてから、滑車を歌わせ、ぼくの両腕をはたらかせて汲みあげた水だった。心にもおいしい贈りものなんだ。ちいさなこどもだったころ、クリスマスプレゼントをもらったとき、クリスマスツリーの明かりや、真夜中のミサの音楽、そしてみんなのやさしいほほえみのおかげで、プレゼントがきらきらと輝き出すように感じたのにも似ていた。

ちいさな王子はいった。

「きみのところじゃ、人間はひとつの庭にバラを五千本も育てている……。それなのに、さがしてるものは見つからないんだね」

「見つからないんだよ」とぼくはいった……。

「でも、たった一輪のバラか、ちょっとの水のなかにだって、さがしているものは見つかるかもしれないのになあ……」

「そのとおりだね」

それから王子はつけくわえた。

「でも、目ではなにも見えないんだ。心でさがさなくちゃ」

ぼくは水を飲み、ようやくほっとした。日の出の時間、砂はハチミツ色になる。そのハチミツ色もまた、しあわせな気分にしてくれた。それなのにどうしてぼくは、つ

らい思いにさいなまれなければならなかったのか……。

「約束を守ってくれなきゃね」ちいさな王子がそっといった。王子はまた、ぼくのそばに腰をおろしていた。

「約束ってなに？」

「ほら……。ヒツジに口輪をはめてくれるっていったでしょ……。ぼく、お花に責任があるんだからね！」

ぼくはポケットから、自分の描いた絵のまねごとを取り出した。ちいさな王子はそれを見て、笑いながらいった。

「きみの描いたバオバブ、なんだかキャベツみたいだね……」

「なんだって？」

バオバブはうまくいったと思っていたのに！

「きみの描いたキツネ……。ほら、この耳……。ちょっと、角《つの》みたいに見えるなあ……。これじゃ長すぎるよ！」

王子はまた笑った。

「そりゃむちゃだよ、だってぼくには、ボアを外側と内側から描くことくらいしかできないんだからね」

「ううん、大丈夫だよ！　こどもにはちゃんとわかるさ」

そこでぼくはえんぴつで口輪を描いた。それを王子に手渡しながら、なんだか胸がしめつけられるような気持ちになった。

「どうやらきみには、秘密の計画があるみたいだな……」

王子は答えなかった。そのかわりにいった。

「あのさ、ぼくが地球に落っこちてから……あしたが、ちょうど一年目の記念日なんだよ……」

しばらく黙ってから、王子はさらにいった。

「ぼくが落ちてきたの、このすぐそばだったんだ……」

そして顔をあからめた。

ぼくはまた、なぜだかわからないまま、奇妙な悲しみをおぼえた。そしてこんな疑問が頭に浮かんだ。

「それじゃ、八日前、初めて会ったあの朝、きみがあんなふうに、人の住んでいるところから千マイルも離れた場所をたったひとりで歩いていたのは、偶然じゃなかったのか？　落下地点にもどるところだったんだね？」

ちいさな王子はまた顔をあからめた。

そこでぼくは、ためらいがちにいった。

「記念日が近づいたからだったんだね……」

ちいさな王子はまたもや、顔をあからめた。あいかわらず質問には決して答えようとしなかったけれど、とはいえ人が顔をあからめるのは、「そのとおりです」という意味じゃないだろうか？

「そうか」とぼくはいった。「なんだかいやな予感がするなあ……」

しかし、王子はいった。

「さあ、また仕事に取りかからなければならないんでしょ。飛行機のところにお戻りよ。ぼくはここで待ってるから。あしたの晩、またきてね……」

でもぼくは安心できなかった。キツネのことを思い出した。だれかになついてしまったならば、ちょっぴり泣くことになるのかもしれない……。

26

井戸の横に、崩れかけた古い石壁があった。翌日の夕方、仕事を終えて戻ってきたぼくは、王子がその壁の上にすわって、足をぶらぶらさせているのに気がついた。そして王子はこんなことをいっているらしかった。

「思い出せないのかい？　場所はぴったりここってわけじゃないよね？」

きっとだれかの声が応じたのだろう、王子はこう答えた。

「そうじゃないさ！　今日にまちがいないんだよ。でも場所はここじゃなかった……」

ぼくは壁まで歩いていった。あいかわらずだれの姿も見えず、だれの声も聞こえなかった。でもちいさな王子はまたこう答えた。

「……そりゃそうだよ。砂の上のぼくの足跡が、どこから始まってるかを見てくれよ。待っててくれればいいのさ。今夜、そこに行くから」

壁まであと二十メートルのところまできたけれど、やはりなにも見えない。

ちいさな王子はしばらく黙っていたが、またこういった。

「きみの毒、よくきくんだろうねえ？　ぼく、あんまり長いあいだ、苦しまずにすむよね？」

胸がしめつけられ、足が止まった。でもあいかわらず、なんのことだかわからない。

「さあ、行ってくれよ……。ぼく、もう下りたいから」と王子はいった。

そこでぼくも、壁の足もとに目を向けてみた。そしてとびあがってしまった！　そこにはヘビが一匹、ちいさな王子のほうに頭をもたげていた。それはぼくらの命を三十秒でうばってしまう、あの黄色いヘビの仲間だったんだ。ぼくはピストルを取り出そうとポケットをさぐりながら突進したが、その音に気づいたヘビは、噴水が止まるみたいにすっと砂のなかにすべりこんでしまった。そしてあわてもせず、かすかな金属音を立てながら、石のあいだをすり抜けていった。

ぼくは壁までかけよると、ちいさな王子が落ちてくるのをなんとか腕に抱きとめた。王子の顔色は雪のように蒼白だった。

「いったいどうしたんだ！　きみはいまじゃ、ヘビと話ができるのかい！」

ぼくは王子がいつも首に巻いている金色のマフラーをほどいた。こめかみをぬらしてやり、水を飲ませてやった。こうなっては、王子になにか質問をする気にはなれなかった。王子はぼくをじっと見つめて、首に両腕を巻きつけてきた。王子の心臓が、銃で撃たれて死ぬまぎわの小鳥の心臓みたいにどきどきしているのがわかった。王子はいった。

「よかったね、きみの機械のわるいところが見つかって。もうすぐおうちに帰れる

よ……」

「どうしてそんなことを知ってるんだ？」

まさにぼくは、だめだとあきらめていた修理の作業が、うまくいったんだよと、知らせにやってきたところだった。

王子はぼくの質問にはなにも答えずに、つづけていった。

「ぼくもきょう、おうちに帰るんだよ……」

それから、悲しげな調子でこうもいった。

「きみの家より、もっとずっと遠いからなあ……。ずっと大変なんだよ……」

何かとんでもないことが起こったのだという感じが、ひしひしとした。ぼくは王子を幼子《おさなご》のように、ぎゅっと抱きしめていたけれども、この子は深い淵をまっさかさまに落ちていって、引きとめようもないのだと思えてならなかった……。

王子は真剣な目つきで、どこか遠くを見つめていた。

「ぼくには、きみにもらったヒツジがいる。ヒツジを入れておく箱もある。口輪だってある……」

そういって王子は、悲しげにほほえんだ。

ぼくは長いあいだ王子を抱いたままでいた。すると王子の体に、少しずつぬくもりが戻ってくるのが感じられた。

「坊や、さっきはこわかっただろう……」

もちろん、こわかったにちがいない！　でも王子は、かわいらしい笑い声をたてた。

「今夜は、ぼく、もっとこわいだろうなあ……」

またしてもぼくは、取り返しのつかない何かが迫っているように思えて、ぞっとした。そして、この笑い声をもう二度と聞けないとしたら、自分にはとてもたえられないとわかった。ぼくにとって、それは砂漠のなかの泉のようなものだった。

「坊や、もっときみの笑い声をきかせておくれよ……」

しかし王子はいった。

「今夜でちょうど一年になるんだ。ぼくの星は、去年ぼくが落ちてきた場所の真上にやってくるんだよ……」

「坊や、ヘビだの、待ちあわせだの、星だのって、みんなただの悪い夢なんだろう……」

でも王子は、質問には答えずにいった。

「大事なものは、見えないんだ……」

「そうだとも……」

「お花だって、同じだよね。もしきみが、ある星に咲いているお花を好きになったら、夜、空を見上げるとしあわせになるでしょう。どの星にもみんな、お花が咲くんだから」

「そうだとも……」

「水だって、同じだよね。きみがぼくに飲ませてくれた水は、滑車や綱のせいで、音楽みたいだった……。覚えてるでしょ……。おいしい水だったなあ」

「そうだとも……」

「夜になったら、星をながめてよね。ぼくのところはちいさすぎるから、あそこだよってきみに教えてあげられない。でもそのほうがいいんだ。ぼくの星はきみにとって、たくさんある星のうちの一つ。それならきみはきっと、どの星を見ても嬉しくなると思うんだ……。どの星もみんな、きみの友だちだよ。それからぼく、きみに贈り物をしよう……」

王子はまた笑った。

「ああ、坊や、坊や！　その笑い声を聞くのが、ぼくは好きなんだよ！」

「そう、これがぼくの贈り物なんだよ……。水のときと同じさ……」

「どういうことだい？」

「その人がどんな人かによって、星は別なものになるんだよ。旅をする人にとっては、星は道を案内してくれるものでしょ。ほかの人にとっては、ちいさな明かりでしかない。また別の、学問をする人にとっては、星はむずかしい問題だよね。ぼくの会ったビジネスマンにとっては、星は財産だった。でもそういう星はみんな、何もいわずに黙っている。きみは、ほかのだれとも違う星をもつことができるんだよ……」

「どういうことだい？」

「きみが夜、空をながめるとき、どれかの星にぼくが住んでいて、そこでぼくが笑っているとおもえば、きみにとっては全部の星が笑っているようなものでしょう。きみがもてるのは、笑うことのできる星なんだよ！」

そして王子はまた笑った。

「そしてきみがもう悲しくなくなったときには（悲しみにはきっと終わりがあるものだよ）、ぼくと知りあってよかったと思ってくれるはずさ。きみはいつだって、ぼくの友だちだよ。ぼくといっしょに、笑いたくなるとするでしょ。そうしたらこんなふうに、窓を開けてみればいいんだ、ほら、楽しいぞって……。きみが空を見上げて笑っているのを見て、きみの友だちはみんな、びっくりしちゃうだろうなあ。そしたら、こういえばいいよ。『そうさ、ぼくはいつだって、星を見ると笑いたくなるのさ！』ってね。さぞかし、変なやつだと思われるだろうね。ぼく、きみにずいぶんひどいいたずらをしちゃったことになるなあ……」

そして王子はまた笑った。

「まるできみに、星をあげるかわりに、よく笑うちいさな鈴を、たくさんあげたようなもんだねえ……」

そして王子はまた笑った。それからまじめな顔にもどっていった。

「今夜は……わかるでしょ……きちゃだめだよ」

「ぼくはきみから離れないよ」

「ぼく、苦しそうに見えるかもしれない……。なんだか死にそうに見えるかもしれない。でもしかたがないんだ。そんなの、わざわざ見にくることないからね」

「ぼくはきみから離れないよ」

だが王子は心配そうだった。

「こんなこときみにいうのは……ヘビのこともあるからなんだよ。ヘビがきみをかまないようにしないと……。ヘビは意地悪だからね。気晴らしのためにかむことだってあるんだ……」

「ぼくはきみから離れないよ」

　でも王子はふと、安心したらしかった。

「そうだ、二度目にかむときには、毒はもうなくなってるはずだから……」

　その夜、ぼくは王子が出発したのに気がつかなかった。音も立てずにこっそりと行ってしまったんだ。なんとか追いついたが、王子は覚悟を決めた様子で、さっさと歩きつづけていた。ぼくにはこういっただけだった。

「なんだ、きたのか……」

　そしてぼくの手を取って、心ぐるしそうな顔をした。

「きちゃだめじゃないか。つらくなっちゃうよ。きっとぼく、死んだみたいに見えると思うけど、でもそうじゃないんだからね……」

　ぼくは何もいわずにいた。

「わかるでしょう。遠すぎるんだよ。あそこまでこの体を運んではいけない。重すぎ

るんだよ」

ぼくは何もいわずにいた。

「でも、古い皮をぬぎすてるようなものなんだからね。ぬけがらだと思えば、悲しくなんかないでしょ……」

ぼくは何もいわずにいた。

王子は一瞬、くじけそうになった。でもまた気をとりなおした。

「ね、きっときれいだろうね。ぼくだって星をながめるよ。どの星にもみんな、井戸があって、さびた滑車がついてるんだ。どの星もみんな、ぼくに水をついでくれる……」

ぼくは何もいわずにいた。

「ゆかいだろうねえ！　きみは五億の鈴のもちぬし、ぼくは五億の井戸のもちぬし……」

そこで王子はだまりこんだ。泣いていたからだ……。

「ここだよ。あとはぼくひとりで行かせて」

でも王子はこわくなって、しゃがみこんでしまった。

それから、こういった。

「ねえ……。ぼくのお花……。ぼくには責任があるんだよ！　それにあのお花、とっても弱いんだから！　とってもむじゃきだし。世界から身をまもるのに、もっているのは四本のとげだけなんだ……」

立っているだけの力がなくなって、ぼくもしゃがみこんだ。王子がいった。

「さあ……。話はこれで全部だよ……」

王子はまだ少したためらっていたけれど、とうとう立ち上がった。一歩前に進んだ。

ぼくは身動きできなかった。

王子の足首に、一瞬、黄色い光が走っただけのことだった。王子は少しのあいだ、じっと動かずにいた。叫び声もあげなかった。そして木が倒れるみたいに、ゆっくりと倒れた。砂のせいで、音さえたてることなしに。

27

そしていまでは、そう、あれから六年もたってしまった……。これまでぼくはだれにも、この話をしたことがなかった。ぼくが生きて戻ったのを見て、仲間たちはとても喜んでくれた。ぼくの心は悲しかったけれど、仲間たちにはこういっておいた。

「なにしろ疲れてるんでね……」

いまでは、悲しみは薄れてきている。つまり……完全に消えてはいない。でも、王子が星に戻って行ったんだということはよくわかっている。なぜなら、夜が明けてみると、王子の体はどこにも見つからなかったからだ。そんなに重い体ではなかった……。そしてぼくは、夜、星に耳を澄ませるのがすきなんだ。まるで五億の鈴が鳴りひびくみたいだから……。

ところが、ちょっと大変なことがあったんだ。ちいさな王子に口輪を描いてあげたけれど、そこに革のひもをつけておくのを忘れていた！　あれでは王子は、ヒツジの口にはめられなかっただろう。そこでぼくはこう考える。（あの子の星では、どうなったかな？　ヒツジは花を食べちゃったんじゃないかな……）

それからまた、こうも考える。（そんなはずはないさ！　ちいさな王子は毎晩、花にガラスのケースをかぶせてやるし、ヒツジをしっかり見張ってるんだから……）そう考えてぼくは嬉しくなる。星もみんな、やさしい笑い声をたてるんだ。

あるいは、こんなふうにも思う。（一度や二度、うっかりしてしまうこともあるだろう。それでもう、万事休すだ！　ある晩、王子がガラスのケースを忘れたり、ヒツジが夜のあいだに、そっとぬけだすということだってあるだろう……）すると鈴はいっせいに、涙に変わってしまうんだ！……

それはまったく、じつにふしぎなことだ。ぼくと同じようにちいさな王子のことが好きなきみたちにとっても、ぼくにとっても、どこか知らないところで、知らないヒツジがバラを一輪、食べたか食べなかったかで、宇宙のいっさいが違ってしまうんだからね……。

空をながめてごらん。そして考えてごらん。ヒツジは花を食べたか、食べなかったか？　それだけでなにもかもが、どれほど変わってしまうかが、きっとわかるはずだ……。

そして、それがそんなに大事なことだとは、どんなおとなにも決してわかりはしないのさ！

これがぼくにとって、この世でいちばん美しくていちばん悲しい風景なんだ。前のページと同じ風景だけれど、もう一度、きみたちによく見てもらおうと思って描きなおした。ちいさな王子はここで地上にあらわれ、そして消えた。もしいつか、アフリカの砂漠を旅するときには、この場所がちゃんとわかるように、注意深く見ておいてくれたまえ。そしてここを通りかかるようなことがあったら、お願いだから、先をいそがずに、星の真下で少し待ってみてほしい。もしそのとき、ひとりの男の子が近づいてきて、笑いかけ、髪の毛は金色で、質問をしても答えなかったら、それがだれだか、きみたちにはちゃんと見当がつくはずだ。そうしたら、どうか頼むよ。ぼくはこんなに悲しんでるんだから、すぐに手紙で知らせておくれ、あの子が戻ってきたよ、と……。

訳者あとがき

原著 *Le Petit Prince* の版権消失にともない、大変な新訳ラッシュが巻き起こったのはご存じのとおりである。十数冊の新訳が賑々しく世に出て、さすがに打ち止めか、という頃になってもう一冊、拙訳を加えることとなった。翻訳とはジャンケンのあとだしである、とうまいことを言った人がいる（鴻巣友季子『翻訳のココロ』ポプラ社）。本書などはまさに、あとだしジャンケンもいいところだろう。

有名作家やフランス文学研究の先輩たちによるそれら先行訳を、すみずみまで研究したのちに稿を起こすのであれば、あとだしの特権を活かしたやり方と誇れるかもしれない。しかし、古典新訳文庫の一冊として何か好きな本を、という申し出をいただいてこの作品の名を挙げたとき、こうした状況が待ち受けていようとは夢にも思わなかった。いざ翻訳に取り掛かろうとしたまさにそのとき、続々と新訳が書店に並び始め、最初のうちこそいささか途方にくれる思いで買い求めては、どんな訳になっているのかと目を血走らせて点検したが、たちまち嫌になってしまった。さすがにやる気が失せてしまう。

一冊の本を訳すということは、どうしたってその本と自分自身の関係を語ることだし、自分なりの解釈を語ることだ。もちろん、できるだけ精度を上げるために、多少なりともほかの訳を参照する必要はあるだろう。しかし翻訳自体は、右顧左眄《うこさべん》せずにとにかく自分なりに、自分を信じてまっすぐ進めていくほかない。そう覚悟を決めて、一気に訳してしまった次第である。

拙訳が、必ずしも「屋上屋を架す」だけに終わっていないと思いたいのは、まず、タイトルの問題ゆえにである。内藤濯《あろう》による『星の王子さま』の素晴らしさに、いまさら異議を唱える余地などないだろう。多くの読者に愛され続けた、まさに歴史的名訳というほかはない。しかし訳文の詳細にわたって検討するならば当然、現時点における異論は多々出るはずだ。そのことをいわば象徴しているのがタイトルである。*Le Petit Prince* はまったく別の名前を求めているのではないかと、ぼくにはずっと思えていたのである。

『星の王子さま』という天才的なネーミングあればこそ、この作品はこれだけ親しまれてきたのだ、との説にぼくは与《くみ》しない。*Le Petit Prince* は聖書、資本論の次に多く翻訳された作品だといわれている。たとえば英語訳は *The Little Prince*、中国語訳は『小王子』である。多くの国で、そうした直訳による命名がなされているだろうことは想像にかたくない。そしてそれは *Le Petit Prince* が世界中のあらゆる国々で愛されることのさまたげには、まったくならなかったのである。

ぼく自身は、『星の王子さま』という題名は甘ったるくてちょっと照れるなあとずっと感じてきたひねくれ者である。だから内藤訳に親しんだことはない。「小さい《プチ》」という形容詞がタイトルから消えているのはまずい、とも考えてきた。なぜなら、「望遠鏡でも見えないくらいの」小さな星からやってきた、小さな王子の、小さな物語、それが本書だからだ。「大きな人《グランド》」つまり大人の考え方や発想の彼方で、子どもの心と再会することが本書のテーマである。「大きい」「小さい」の区別が物語にとって重要な事柄となっているのは、バオバブの一件がよく示しているとおりだろう。

もちろん、petit は単に物理的に「小さい」というだけでなく、幼い、可愛らしい、いとしい、といったニュアンスを帯びてもいる。漢字を避けて、ひらがなで表記することでその感覚を多少なりとも漂わせられないだろうか。そしてまた、「ちいさい」

よりは「ちいさな」とするほうが、より感情のこもったいい方になるのではないか。と考えた結果生まれたのが『ちいさな王子』という次第である。

訳文そのものに関しても、無い知恵をしぼったところはいろいろある。指針とした二点だけ述べさせていただく。その一。「むかしむかしあるところに、ちいさな王子さまがおりました」といった、おとぎ話調、童話調は採用しない。「できるならぼくは、この話を、おとぎ話みたいにはじめてみたかった」と、語り手自身が述べているではないか。つまり、実際には彼はそういう語り方を採らなかったのである。この作品は、結局は従来のおとぎ話調と一線を画したところに成り立っている。子どもに対し（あるいは大人の内なる子どもに対して）、より真率に、直截《ちょくせつ》に語りかける、きっぱりとして飾り気のない調子を意識すべきだろう。実際、とりわけ後半の悲劇的展開において作者は、簡潔にして澄明、そっけないくらい剛毅な文体をつらぬいている。

そして第二に、にもかかわらず、全体をとおして温かさが失われてはならない。サン＝テグジュペリという、魅力あふれる男だったとだれもが称える人物のぬくもりが、原作のすみずみにまで通《かよ》っていると感じられるからだ。もちろんぼく自身に、生身の作者を知る機会などありえなかった。しかしここに、映画監督ジャン・ルノワール

——苦境にあったサン＝テグジュペリの心を友愛の火であたためた人物の一人——にあてて語るサン＝テグジュペリの肉声を記録したＣＤがある。体のどこもかしこも曲線でできていたと評される人ならではの、太くやわらかく、楽しげであったかい声に聞き惚れつつ、こんな声で朗読すべき本であることを忘れないようにして訳を進めた。

とはいえもちろん、訳者の弁明など読者には余計な寝言だろう。これだけのブームにもかかわらず、あるいはブームだからこそ、この作品に背を向けている読者が、まだ意外にいるかもしれない。本書によって初めて『ちいさな王子』と出会う人が、少しでも多く現われることを願っている。

＊翻訳にあたっては、ガリマール社プレイヤード叢書版サン＝テグジュペリ全集第二巻所収のテクストを底本とした（Antoine de Saint-Exupéry, *Œuvres complètes*, t.II, édition publiée sous la direction de Michel Autrand et de Michel Quesnel, avec la collaboration de Paule Bounin et Françoise Gerbod, Gallimard, "Bibliothèque de la Pléiade", 1999）。解説執筆に際し、とりわけ同書のミシェル・オートランによる解題に示唆を得た。また年譜は、同全集第一巻所収の年譜にもとづき、同じくプレイヤード叢書版のサン＝テグジュペリ・ア

ルバム（*Album Antoine de Saint-Exupéry*, iconographie choisie et commentée par Jean-Daniel Priset et Frédéric d'Agay, Gallimard, "Bibliothèque de la Pléiade", 1994）や山崎庸一郎「サン=テグジュペリ略年譜」（『サン=テグジュペリ著作集』、月報第十二号、みすず書房、一九九〇年）等をも参照のうえ作成した。

解説

野崎　歓

アントワーヌ・ド・サン＝テグジュペリの生まれた家は、フランス屈指の旧家でした。幼少時に父親は亡くなりましたが、信仰心の篤い母親――やはり貴族の出身――の庇護のもと、広壮な屋敷の庭園で、のびのびと遊んで育ちました。一家を包んでいたのは、古き良き時代そのままの、いまだ十九世紀的な雰囲気だったかもしれません。

しかし同時にアントワーヌは、新しい科学技術に興味津々の子どもでもありました。妹を連れて近所の飛行場に足しげく通い、飛行機の離着陸を飽かず眺め、ついにはまんまと飛行機に乗せてもらい、大空を飛ぶ感動を味わっています。十二歳のときのその体験が、サン＝テグジュペリの人生にとって決定的な影響を及ぼしました。やがて彼は、黎明期にあった飛行機による郵便輸送業に身を投じて、新たな航路を切り開くため、雄々しく空に飛び出していくことになりました。伝統ある家柄に生まれ育った少年は、時代の先端を行く領域で活躍する運命にあったのです。

あるいは、二十世紀という進歩の世紀を象徴するようなその分野が得た、最初のすぐれた記録者にして作家がサン＝テグジュペリだったともいえるでしょう。『南方郵便機』（一九二九年）、『夜間飛行』（三一年）、『人間の土地』（三九年）といった代表作が示すとおり、彼の作品はいずれも、飛行士としての体験と密接に結びついたものであり、空を飛ぶ人間たちの日々はそれらの作品によって初めて、一般の読者になまなましく語られたのだといえます。夜の闇のなか、はるか下方の人家の灯りを見下ろしながら孤独な飛行を続ける者の想いや、危険な任務に臨む者の胸の高鳴り。そして共に困難に立ち向かう飛行士たちをつなぐ友愛。サン＝テグジュペリが書いたのは、そうした「現場」の感覚をつぶさに共有させてくれる初めての文学作品でした。

新たなテクノロジーの出現によって行動の可能性が限りなく広げられていくなかで、人はどのように自らを律するべきなのか。ぎりぎりのところで人を支える信念や愛情とはいかなるものか。飛行記録に挑戦するかたわら書き継がれた作品の数々は、ぼくらを強く鼓舞すると同時に豊かな教えをも含む、現代の教典というべき性格を備えています。

「愛するとは、見つめあうことではなく、一緒に同じ方向を見つめること」。『人間の土地』のそんな言葉をはじめとして、サン=テグジュペリの作品には、いまを生きる読者の心にストレートに響く箴言《しんげん》がちりばめられています。自らの命を危険にさらし、親友たちを次々に事故で失いながらも、有意義な目的のために力を尽くしてきた人間ならではの、行動と思索の文学として、サン=テグジュペリの作品には読者の強い信頼を勝ち得る資格が備わっています。

では、そうしたみごとな誠実さに支えられた人生と文学の総体において、『ちいさな王子』(四三年)という一冊はどういう位置を占めているのでしょう。そしてこの本が、これからも多くの読者にとって持ち続ける意味とはなんでしょうか。

すぐに言えるのは、これもまた、飛行士としての経験豊富な作者にこそ紡ぐことのできたファンタジーだということでしょう。なにしろ語り手は飛行士であり、世界をまたにかけて飛行経験を積んできた人物なのですから。ただし彼はいま、砂漠のまっただなかに不時着し、飛行機は損傷、ふたたび飛び立てるかどうかわからない状況にあります。

この、飛べなくなった飛行機をかたわらに展開される物語という点に、本書の大きな特徴があります。航空業の草創期、飛行機はとにかくよく落ちたし、故障はつきものでした。飛行士の味わう高揚感は恐怖と隣り合わせで、取り返しのつかない事態にいつ襲われないともかぎりませんでした。そのことはサン＝テグジュペリのいちばん最初の小説である「飛行士」（二六年）から、すでに強調されていました。彼自身、何度も大事故に遭遇し、リビア砂漠に不時着して生死の境をさまよった体験は、『人間の土地』のなかでみごとに語られています。『ちいさな王子』で彼はそのときの記憶をふたたび蘇らせながら、「墜落」と「啓示」というパターンに凝縮された物語を作り出したのです。

つまりここではもはや、行動の人である作者の英雄的な哲学は、背景に退いています。モダンな技術の賜物としての飛行機は、動けなくなったままぶざまに横たわるのみです。

それこそは、ちいさな王子が出現する瞬間なのです。

機械が故障し、メカニズムが機能停止を余儀なくされる。時空の隔たりを乗り越え、速度を増すことをめざしてひたすら頑張ってきたヒーローとしては、途方に暮れざるをえない。まさにそのとき、「ほんとうに大切なもの」が、ちいさな男児の姿をとって立ち現われます。そして数日後、とうとうエンジンの修理が完了するやいなや、王子が姿を消してしまうのはじつに象徴的です。王子と語りあい、その笑い声を聞くことが許されるのは、飛行機が飛ばないことと引き換えなのでした。

いわば機械文明の臨界点に、子どもの英知を湧き出させる本書の基本構造は、今日の読者にとってもリアルさを失っていません。それどころか、サン＝テグジュペリがこの物語を書いたころよりも、テクノロジーへの依存、惑溺がいっそう強まっている時代において、『ちいさな王子』のそうした姿勢はいよいよ切実な共感を呼びさますに違いありません。

作者の側に立って考えるならば、童話作品の執筆を思いついた背景には、時局および自己の人生が直面しつつあった、二重の危機が作用していたと考えられます。侵攻してきたドイツ軍にあっけなく敗北したフランスは、ナチス占領下に置かれます。ヴィシー傀儡《かいらい》政権に与する者と、ロンドンからド・ゴールの呼びかける抵抗運動に賛同する者のあいだには深刻な対立が生じました。ニューヨークに亡命中のサン＝テグジュペリは、ヴィシー派、ド・ゴール派のいずれかに加わってフランスの分裂に手を貸すことを拒み、その結果、両派の糾弾を受けて孤独感に打ちひしがれていました。「戦う操縦士」として、行動によって事態を打開する道はすでに閉ざされています。

それどころか、かつての事故による古傷がうずいて高熱を発し、異国の地で手術を受けてベッドに横たわるありさまです。妻コンスエロはフランスに留まったままで、病床の作家の傍らにその姿はありません。中年に至って、何もかも手詰まりに陥ったかのような苦境でした。

そんななか、見舞いにやってきた旧知の女優アナベラが、アンデルセンの童話『ちいさな人魚』（＝『人魚姫』）をプレゼントしてくれたのです。やはり亡命中の映画監督ルネ・クレールもやってきて、こちらは色鉛筆セットをおみやげに持ってきてくれました。童話を書いて、それを色とりどりのデッサンで飾ろうという、『ちいさな王子』のアイディアは、手術後の療養中に生まれたものだったようです。

こうして、「墜落」と「啓示」という作品のモチーフが、作品のなりたちそのものと深く結びついていたことがご理解いただけるでしょう。祖国も自分自身も大きな挫折を味わい、立ち上がる力を失いかけていたときに、作家は幼い者を主人公とする、幼い者のための——少なくとも、大人の内に生き続けているはずの、かつての小さな子どものための——物語に、慰めと救いを求めたのでした。

「サン＝テグジュペリという男があんなにも素晴らしい人物だったのは、彼が子どもの頃のみずみずしさや、不思議なものに対する感覚をそっくり保っていて、子ども時代と成熟した大人の年代とのあいだにまったく断絶がなかったからなのだ」

アントワーヌの少年時代以来の親友、シャルル・サレスの回想です。作家が、まるで子どものような魅力に満ちた人柄の持ち主だったことは、ほかにも多くの人たちが証言しています。内気ではにかみ屋なのにたいそう人なつこく、ひとたび打ち解けるとあふれるばかりの友情で相手を包み込む。サン＝テグジュペリとはそういう人であったようです。冒険談や唄や手品で、夜のふけるのなど少しも気にせずに友だちを愉しませようとした。カフェのテラスでおとぎ話を語り出し、やさしく心にしみるその語り口に、隣のテーブルの客たちまで心を奪われて聞き入った、という思い出を語っている友人もいます。

そしてまた、サン＝テグジュペリが昔から、かわいらしいタッチの独特なイラストの名手で、母親宛の手紙や、大切な友人たちへの手紙にはしばしば、ユーモラスな絵が付されていたことも指摘しておきましょう。つまり、語り手としての持ち前の才能と、愛すべき絵心とが結合して生み落とされた珠玉、それが『ちいさな王子』でした。

アメリカの出版社の勧めにより、おそらくはまず、自らの心の苦悶をなだめるために、そしてまた、手ひどく傷ついたフランスの人々を慰めるために書かれたこの作品によって、作者の資質は、それまでの作品群よりもさらに率直に、透明なかたちで表れ出たのです。愉快な語り口と挿絵によって鮮やかにとらえられたのは、大人がにっちもさっちもいかなくなったときに、大人の心の奥底から励ましにやってくる子どもの姿でした。その姿には時代を超え、言葉の壁も超えて愛され、いつくしまれるだけの魅力が輝いています。

ただし強調しておきたいのは、『ちいさな王子』が同時に、硬質で、安易な慰めなど受けつけないような孤独をも秘めているということです。なるほど、あの「帽子」の一件をはじめとして、絶妙なセンスで大人の常識をからかい、子どもの立場からものを見ることの素晴らしさ、面白さを味わわせてくれる文章と挿画には、明るい楽しさが満ち満ちていますし、バオバブの木や火山の掃除の話、星から星をめぐる旅の話には、それこそ「不思議なものに対する感覚」がみなぎっています。そこにはまちがいなく、年少の読者たちの心をとらえる力があります。冒頭の、立派なマントをはおり剣を持った王子の肖像からして、子どもたちを夢見心地に誘わずにはいないでしょう。

とはいえ、その王子の姿には、なんと寂しさがつきまとっていることか。

そもそも、大人に頼って生きていかざるをえない子どもであるのに、王子のまわりには頼るべき存在がまったくいないのです。「父」「母」という単語が、この作品にはほとんど出てきません（「父」が一回用いられているだけで、「母」は零回）。王子の両親の姿は影もかたちも見当たらないし、そもそも一緒に住んでいる人間がだれもいない。天涯孤独、一人ぼっちの王子なのです。王子が旅に出て出会う、王様を始めとする人たちもみな一人きりであることに変わりはありません。そして語り手の飛行士はといえば、「本当に話のできる相手もなしに、たったひとりで暮らしてきた」と自己紹介しているとおりです。心の内を分かち合う相手のいない人びとが、孤立したまま宇宙に散らばり、あるいは砂漠をさまよっている。そんなヴィジョンが本書の世界の基本にあるのです。チャーミングに描かれた王子の姿自体、あどけないと同時にわびしげでもあり、孤高の人とさえ呼びたくなるような雰囲気を漂わせています。

そうした孤独さの感覚が張りつめた作品であることが、逆に、読者と王子、そして読者と作品のあいだに、きわめて親密な関係を成り立たせる力となっているのではないでしょうか。

また、この作品には通常、童話にこそ許されるはずの驚異に満ちたストーリー展開が乏しいし、めでたしめでたしのハッピーエンドもありません。もちろん、心楽しい、お茶目なアイディアがふんだんに盛り込まれてはいます。しかし陽気な調子は話が進むにつれて後退していき、徐々に切ない、深刻な色調が濃くなっていくように感じられます。あたかも、サン＝テグジュペリという無邪気で温かな人間が抱え込んでいた辛さ、やり切れなさが、どうしようもなくにじみ出てくるかのように。

そこにどうやら、この作品が大人の読者に及ぼし続ける魅力の根源があります。それは、子ども時代に別れを告げることの悲哀と表裏一体となった魅力ですが、子どもという存在の素晴らしさがみごとな筆遣いで描かれてきた以上、別れはひときわ悲痛で残酷なものとならざるを得ません。実際、『ちいさな王子』が最後に用意しているのは、無垢なる者の死に立ち会うという、何とも残酷な試練なのです。クライマックスの第26章、王子のかたわらでついに言葉を失ってしまう語り手の姿に、作品に秘められた恐ろしさが凝縮されています。

「ぼくは何もいわずにいた」——語り手は、四回もそう繰り返しています。沈黙の内に無念をかみしめるしかない、そんな幕切れを彼は、そして読者も、経験するのです。

飛行機が直るのとほぼ同時に王子が消えてしまったならば、あとは重い心を抱えて、元どおりの世界に戻っていくしかありません。

つまりこれは、深い矛盾を内包した作品でもあるでしょう。幼いころの楽園に通じる扉をふたたび開いて、「まじめな」大人たちの発想からひととき自由になる。そんな喜びを豊かに与えてくれながら、同時に、楽園追放の厳しさ、ちいさな者の心を喪失する悲しみを克明に体験させてくれもする。

だからこそ『ちいさな王子』は、文学作品として偉大であるといえるのです。人間がだれしも、乗り越えなければならない――あるいは、乗り越えたふりをして生きていかなければならない――葛藤を、『ちいさな王子』はじつに美しく、かつおごそかなまでに単純化して表現しています。その表現に繰り返し触れることで、ぼくらはいくつになっても、自らの内なるちいさな者の笑い声を聞き、彼と語りあうことができる。そしてその都度、新たな感慨とともに、大人の世界へと送り返されるのです。

この本が子どもたちのみならず、大人たちにとってもかけがえのない贈り物であるゆえんです。

サン＝テグジュペリ年譜

一九〇〇年

六月二九日（金曜日）、アントワーヌ・ド・サン＝テグジュペリ、リヨンにて誕生。ジャン・ド・サン＝テグジュペリ伯爵とマリー・ボワイエ・ド・フォンコロンブの第三子にして長男。長女マリー＝マドレーヌは三歳、次女シモーヌは二歳年上。

一九〇二年　二歳

弟フランソワ誕生。

一九〇四年　四歳

妹ガブリエル誕生。まもなく、父ジャンが病死。一家は母方の祖父シャルル・ド・フォンコロンブが所有する南仏サン＝トロペ近郊、ラ・モールの屋敷に移り住む。

一九〇七年　七歳

祖父シャルル没。母方の大叔母ド・トリコー伯爵夫人の庇護を受け、子どもたちの暮らしは伯爵夫人の住むサン＝モーリス・ド・レマンスの屋敷、および同夫人のリヨンのアパルトマンの二カ所で営まれる。

一九〇九年　九歳
夏、一家はル・マンに転居。ル・マンの聖十字架学院に入学、厳しい寮生活を送る。

一九一二年　一二歳
サン＝モーリス近くの飛行場で、飛行機搭乗の初体験。

一九一四年　一四歳
一〇月、弟とともにノートルダム・ド・モングレ学院に転校。

一九一五年　一五歳
スイス・フリブールの聖ヨハネ学院寄宿生となる。

一九一七年　一七歳
六月、大学入学資格試験に合格。パリの寄宿舎で海軍兵学校受験の準備（受験には結局、失敗）。夏、弟フランソワが病死。享年一五。

一九二一年　二一歳
兵役。ストラスブールの第二航空連隊に編入され、飛行士を希望するも地上勤務となる。自費で飛行機操縦を学び民間飛行免許を取得。

一九二三年　二三歳
ル・ブールジェ飛行場で事故を起こし重傷を負う。除隊後、パリに戻り、瓦製造会社で事務の仕事をしたり、トラック製造販売会社のセールスマンをしたりする。

恋人ルイーズ・ド・ヴィルモランとの婚約が破棄され、失意の淵に沈む。

一九二六年　二六歳

四月、ジャン・プレヴォーの編集する文芸誌「銀の船」に処女短編「飛行士」を掲載。六月、長姉マリー＝マドレーヌが病死。一〇月、ラテコエール郵便航空会社に入社。飛行士ギヨメ、メルモーズと知り合い終生の友情を結ぶ。

一九二七年　二七歳

トゥールーズ—カサブランカ、さらにはカサブランカ—ダカールを結ぶ定期郵便飛行に従事。砂漠への不時着事故を体験。一〇月、サハラ砂漠の中継基地キャップ・ジュビー（リオ・デ・オロ）に飛行場主任として赴任。

一九二九年　二九歳

フランスに帰国。ガリマール社から『南方郵便機』刊行。ブエノスアイレスに派遣され、ギヨメ、メルモーズらと南アメリカにおける郵便航路開発に携わる。アエロポスタ・アルヘンティーナ社（フランス・アエロポスタル社の系列会社）の支配人となる。『夜間飛行』執筆。

一九三〇年　三〇歳

六月、アンデス山脈で消息を絶ったギヨメを捜索。奇跡的に生還。エルサルバドル出身のアルゼンチン人女性コンスエロ・スンシンを紹介される。コンスエロはアントワーヌの二歳年下。すでに二度の結婚歴があったが、最初の夫は結婚二年後に死亡。二番目の夫である三〇歳年上の作家エンリケ・ゴメス・カリーリョは、一九二七年に病死していた。

一九三一年　三一歳

フランスに帰国。コンスエロと結婚。『夜間飛行』の原稿を読んだアンドレ・ジード、感動して序文を寄せる。刊行された『夜間飛行』はフェミナ賞を受賞。ただちに英語・独語に翻訳され、ハリウッドで映画化されて一九三三年に封切られる（クラレンス・ブラウン監督、ジョン・バリモア、クラーク・ゲーブル出演）。

一九三二年　三二歳

アントワーヌの母、大叔母ド・トリコー伯爵夫人の没後、一九一九年より所有していたサン＝モーリスの屋敷を売却。

一九三三年　三三歳

南仏サン＝ラファエルで水上飛行機のテスト飛行中に事故を起こし、危うく溺死しかける。

一九三四年　三四歳

アエロポスタル社など四社を統合してできたエール・フランス社に入社。

一九三五年　三五歳

コンスエロとの暮らし、経済状況悪化

の一途をたどる。「パリ・ソワール」紙特派員としてモスクワに一カ月滞在、ルポルタージュを寄稿。左翼運動家にして作家のレオン・ヴェルトと知り合い友情を結ぶ。一〇月、サン＝テグジュペリ脚本による映画『アンヌ＝マリー』撮影（レーモン・ベルナール監督、アナベラ出演）。一二月末、購入したばかりの念願の自家用シムーン機に乗ってパリ―サイゴン間の夜間飛行スピード記録に挑戦するが、リビア砂漠に墜落。飛行機は大破するも助かる。

一九三六年　三六歳

八月、スペイン内戦の取材でカタロニアに一ヶ月滞在。一〇月、『南方郵便機』映画化される（監督ピエール・ビヨン、ピエール＝リシャール・ヴィルム主演）。一二月、メルモーズ、大西洋上空で消息を絶つ。

一九三七年　三七歳

四月、ふたたびスペインへ（七月まで）。マドリッドでヘミングウェイ、ドス・パソスと会う。

一九三八年　三八歳

二月、ニューヨーク―プンタ・アレナス間の飛行レースに参加。前年に購入した二機目のシムーン機で臨んだがグアテマラで離陸に失敗、人事不省となる大怪我を負う。ニューヨークで静養しながら『人間の土地』を執筆。

一九三九年　三九歳
『人間の土地』刊行、アカデミー・フランセーズ小説大賞を受賞。英訳も評判を呼び、全米図書賞受賞。九月、フランスの対ドイツ宣戦にともない動員され、33－2偵察部隊に配属。偵察飛行の同僚機が次々に撃墜される。

一九四〇年　四〇歳
六月、フランス降伏。除隊後、『城砦』執筆。一一月、輸送飛行中のギヨメが地中海上空で撃墜されたことを知る。一二月、アメリカに向け出港。映画監督ジャン・ルノワールと同室となり意気投合。

一九四一年　四一歳
一月、ニューヨークに落ち着く。ヴィシー派、ド・ゴール派のいずれにも属さず政治的に孤立。フランスの分裂状態に対する憂い深まる。夏、グアテマラの事故の後遺症を治すため手術を受ける。カリフォルニアで療養。アナベラと再会、彼女にプレゼントされたアンデルセンの童話『ちいさな人魚（人魚姫）』を病院のベッドで読む。一一月、コンスエロがフランスからやってくる。

一九四二年　四二歳
二月、『戦う操縦士』の英訳版を先に刊行。夏、『ちいさな王子』執筆。一一月、連合軍が北アフリカに上陸作戦を展開。アントワーヌは33－2偵察部隊への復帰を願って奔走。『戦う操縦士』がフランスでも刊行されるが発禁となる。

一九四三年　四三歳

四月、『ちいさな王子』フランス語版および英訳版がアメリカで同時に刊行される（フランスでの出版は一九四六年）。ニューヨークを去ってアルジェへ。33－2偵察部隊に復帰。三五歳までのパイロットのみに搭乗を許されていた最新の高性能機ライトニングP38を操縦。八月、着陸ミスにより予備役に回される。中断していた『城砦』の執筆を再開。

一九四四年　四四歳

二月、「ラルシュ」誌に「人質への手紙」を発表。五月、サルディーニャ島アルゲーロ基地の33－2偵察部隊に復帰。七月三一日、ロッキードF－5Bライトニング機で偵察飛行に出たまま消息を絶つ。33－2偵察部隊における最後の任務であり、帰還後は引退する予定だった。

一九四八年

『城砦』刊行。

一九九八年

九月、サン＝テグジュペリが身につけていた物と思われる銀のブレスレットがマルセイユ沖でトロール船の網に掛かる。

二〇〇三年

F－5Bの残骸がマルセイユ沖の海底で発見され、調査の結果サン＝テグジュペリの乗機であることが明らかとなった。機体の損傷が激しいため、墜落原因はいまなお特定されていない。

光文社古典新訳文庫

ちいさな王子《おうじ》

著者　サン=テグジュペリ

訳者　野崎《のざき》 歓《かん》

2006年9月20日　初版第1刷発行
2023年10月30日　第9刷発行

発行者　三宅貴久
印刷　萩原印刷
製本　ナショナル製本

発行所　株式会社光文社
〒112-8011東京都文京区音羽1-16-6
電話　03（5395）8162（編集部）
03（5395）8116（書籍販売部）
03（5395）8125（業務部）
www.kobunsha.com

落丁本・乱丁本は業務部へご連絡くだされば、お取り替えいたします。
ISBN978-4-334-75103-6 Printed in Japan

いま、息をしている言葉で、もういちど古典を

長い年月をかけて世界中で読み継がれてきたのが古典です。奥の深い味わいある作品ばかりがそろっており、この「古典の森」に分け入ることは人生のもっとも大きな喜びであることに異論のある人はいないはずです。しかしながら、こんなに豊饒で魅力に満ちた古典を、なぜわたしたちはこれほどまで疎んじてきたのでしょうか。

ひとつには古臭い教養主義からの逃走だったのかもしれません。真面目に文学や思想を論じることは、ある種の権威化であるという思いから、その呪縛から逃れるために、教養そのものを否定しすぎてしまったのではないでしょうか。

いま、時代は大きな転換期を迎えています。まれに見るスピードで歴史が動いていくのを多くの人々が実感していると思います。

こんな時わたしたちを支え、導いてくれるものが古典なのです。「いま、息をしている言葉で」——光文社の古典新訳文庫は、さまよえる現代人の心の奥底まで届くような言葉で、古典を現代に蘇らせることを意図して創刊されました。気取らず、自由に、心の赴くままに、気軽に手に取って楽しめる古典作品を、新訳という光のもとに読者に届けていくこと。それがこの文庫の使命だとわたしたちは考えています。

このシリーズについてのご意見、ご感想、ご要望をハガキ、手紙、メール等で翻訳編集部までお寄せください。今後の企画の参考にさせていただきます。
メール　info@kotensinyaku.jp